中 国 名 家 精 品 书 系 □

贺疆 作品

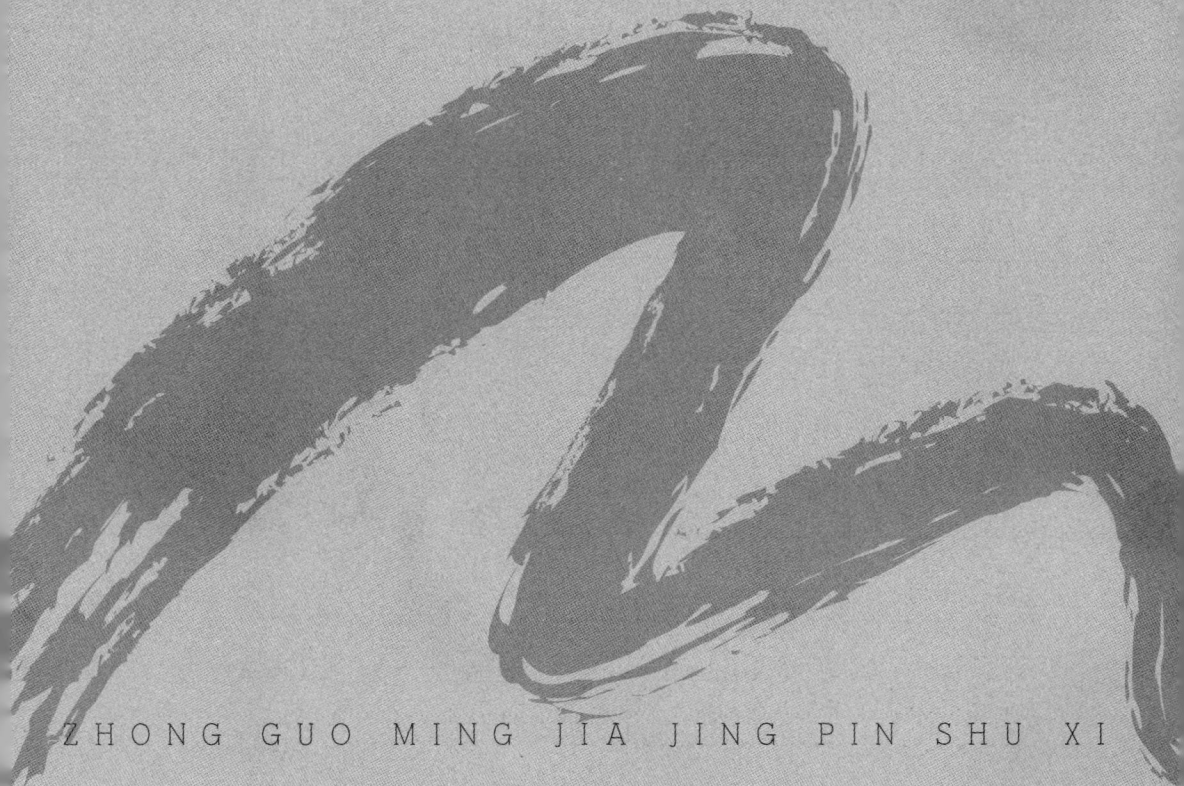

ZHONG GUO MING JIA JING PIN SHU XI

对面

贺疆 著

吉林出版集团股份有限公司

图书在版编目（CIP）数据

对面 / 贺疆著 . -- 长春 : 吉林出版集团股份有限公司，2015. 2

ISBN 978-7-5534-7318-5

Ⅰ . ①对… Ⅱ . ①贺… Ⅲ . ①纪实文学 – 中国 – 当代 Ⅳ . ① I25

中国版本图书馆 CIP 数据核字 (2015) 第 038257 号

对面

DUIMIAN

贺疆 著

策　　划 : 曹　恒
责任编辑 : 赵　萍
责任校对 : 宋巧玲
封面设计 : 诚达设计
排版设计 : 池　泓　贾　昕
开　　本 : 710mm×1000mm　1/16
字　　数 : 120 千
印　　张 : 14.5
版　　次 : 2015 年 4 月第 1 版
印　　次 : 2018 年 5 月第 3 次印刷
出　　版 : 吉林出版集团股份有限公司
发　　行 : 吉林出版集团股份有限公司
地　　址 : 长春市绿园区泰来街 1825 号
邮　　编 : 130062
邮　　箱 : tuzi8818@126.com
印　　刷 : 河北锐文印刷有限公司
书　　号 : ISBN 978-7-5534-7318-5
定　　价 : 29.00 元
电　　话 : 0431-88029877

妩媚
——写在《对面》前面

"我见青山多妩媚，料青山见我应如是。"辛弃疾一言既出，天下人皆拊掌喝彩；就中"妩媚"二字，下得尤妙，堪谓神来之笔！

"妩"，本意"美女"，美女之"媚"，益见其婀娜妖娆。后人又言"孙权之妩媚"，"魏徵之妩媚"，由婵娟而须眉，使词意更加倜傥风流。

到辛弃疾这里，"妩媚"二字，既指青山，也反衬自己，词意越发自由奔放，神完气足。宋之词坛，辛词之"青山妩媚"，与东坡之"大江东去"比肩而立，蔚为绝代双峰。

一次与贺疆闲谈，她说，遗世辛词六百，有四百首是在范如玉红袖添香下写成的。细问，原来才女范如玉是河北邢台人，贺疆的前辈同乡。难怪她对辛词如此熟稔，笔下每每有股不让须眉的气度。

河北邢台，燕赵慷慨悲歌之士的原生地。贺疆说过项羽破釜沉舟的典故，战场就在她家门口。不远处就是史上著名的沙丘宫遗址，商纣王酒池肉林和赵武灵王天下会盟之处。据说，阿房宫就是仿照沙丘宫建造的。这样历史底蕴下成长的女子，气度不凡也就理解了。

贺疆之"疆"，古义亦通"强"。其名磅礴，一扫脂粉习气。她

圣山 贺疆摄

说睹名思义，自己一直被人误会成男子。名字是一个人的符号，往往与个性或命运有关。初识贺疆，知道她是英文专业出身，后研美术史。读了她的文章，知道她的中文修养绝不逊于中文系出来的人。这现象很有趣，余光中就说过，台湾外文系出身的作家，常常有过人之处，如梁实秋等，当然还有他自己，等等。大陆的钱锺书、季羡林、曹禺，不也是如此吗？

贺疆晋京，经人引荐，问道于我。大概是在 2010 年的冬日吧，当时我正在写《寻找大师》，建议她和我一起干。贺疆决定另辟蹊径。四年后的今天，她践约而来。数十位各行各业的佼佼者，要一一亲自去寻找，去阅读，去碰撞，去勾勒，其艰辛的程度，远远超过我。

因为我毕竟有一种身份，有一个轨道，而她刚开始，几乎什么都没有，一切要从零创造。

光影 贺疆摄

我写《寻找大师》，是多年的积累，是既有课题的延伸，而她只是听了我的建议，说动手就动手。此份豪侠、执着，令人动容。

何谓大师？在我看来，大师是一种社会坐标，天地元气。对一个以文化复兴为重任的社会来说，大师的存在，不是可有可无，而是至关紧要，不可或缺。现实却是大师短缺，伪才浮学盛行，所以才要寻找。找是一种过程，找的本身，往往比结论更有意义。

我问贺疆："你找到了什么？"

她沉默片刻，说："找到了自己。"

出人意料而又发人深省。

好一个找到了自己！

世间有几人能真正找到自己?

贺疆笔下的人物,涉猎不局限于一个领域,举凡文化、音乐、艺术、经济、影视,皆囊括其中。我深知,写一个人,尤其是有成就的人,要把他研究透是需要下很多功夫的。譬如我当年写蔡元培,读过的资料,不下数百万字,而落笔成文,也仅六七千字而已。其间耗费的精力,是局外人难以想象的。所以,速食年代,能安安静静、苦心孤诣地做一件事,并且把它做好,实在难得。

贺疆终于出道了。尤为难得的是,她至今仍处于半求学、半工作、半无业状态。单单这种精神,就令人肃然起敬。我看着她一步步走来,起初出手很快,后来渐写渐慢,不是江郎才尽,而是积学储才,感悟日深,下笔也就越来越沉着,越来越持重。

贺疆长于散文与评论,精于诗词、联语。我劝她千万莫放松英文,这是她的专业,是她的底蕴、气场。我祝愿她立足本土,再丈量世界。到那时候,她会发现,既往的一切,都不会浪费,都是不可多得的营养。只要耕耘,必有收获,信然!

人生的每一步,都通向命运的终点!

卞毓方

2014 年 6 月 29 日

目录

满江红

滏漳浦头，泛舟处，几度春秋。
相思意，年少如梦，故园春色。
山映斜阳天融水，彩云逐月波凌步。
杨柳岸，只闻燕呢喃，今何许？

江上渡，人生路。形胜地，风雷鼓。
觅旧踪，省却万语千言。长风卷起旌旗舞。
云雨敲得锦瑟去。
问长空，丹青为谁春，气吞宇！

——贺疆

卞毓方

1944 年生于江苏，祖籍阜宁，后移居射阳。中共党员。毕业于北京大学东语系日语专业和中国社会科学院研究生院国际新闻系专业。社会活动家，教授，作家，中国文学家协会副主席。长期从事新闻工作，文学硕士。1991 年加入中国作家协会，1995 年以来致力于散文创作。著有散文集《长歌当啸》《妩媚得风流》《历史是明天的心跳》《寻找大师》等，传记有《季羡林》三卷、《千手拂云 千眼观虹》、《金石为开》等。

他的作品或如天马行空、大气游虹，或如清风出袖、明月入怀，其风格如黄钟大吕，熔神奇、瑰丽、嶙峋于一炉，长歌当啸，独树一帜，颇受读者喜爱。其书法艺术取甲骨文和金文之长，体现真正的文人心性艺术。

书剑啸长空

——素描卜毓方

5：00 起床，洗漱，写文章；

7：00 下楼打羽毛球；

8：00 吃早饭，然后在书房看书写作；

12：00 午饭，休息30分钟；

24：00 就寝。

这是一个年近七旬的老人的作息表。

他说："我从高中一年级开始，就3点起床学习，一个农村孩子考入北大，必须付出百倍的努力。"

面前的老先生，高大、面白、长眉，微眯略弯的眼睛，偶尔睁大眼时精光外露。不开口则罢，开口三句话就控制全场。一口苏北口音，泄露了他的家乡——祖籍江苏盐城。5岁始读三年私塾，8岁上小学二年级。幼年有三个梦想——运动员、画家和文学家。16岁那年，他确定文学路；18岁，锁定北大散文大家季羡林。三更起五更眠，披星戴月地寒窗苦读，终于在1964年，这个懵懂少年一脚踏进北大学府，如愿进入季老担任系主任的东语系。初见季老，他觉得季老是清癯安静的，学识修养的魅力如满月冰轮。就这样，他与季老的机缘不移。

说到这里，我必须拐一个弯儿。《水浒传》里武松打虎的故事，大家都耳熟能详。但是这个能打虎的武松的原型，相传却是江苏盐城的卞元亨。据说，卞元亨武艺高强，曾经一脚踢死过猛虎。施耐庵就把这个传说嫁接到武松身上。卞元亨，历史记载实有其人。在盐城便仓的枯枝牡丹园，还有当年卞元亨的祖父卞侪随手栽下的两株牡丹，已有800年历史。古典小说《镜花缘》对此有过记载。

卞，是一个很少见的姓氏。这个只有四笔画的姓氏，却源远流长了4000多年，它的祖先可以追溯到泗水河畔的古卞国。宛若长龙蜿蜒在泰山脚下、泗水河边的就是卞山，也就是青龙山。2011年7月，一个卞姓老人，登临卞山，穿越时空，与祖先对话，感慨之余，写下"家山梦雨"四个字。他，就是文学大家卞毓方。

生活就是这样，缘分注定的，纵使别后经年，依旧会在某个时刻再度重逢。1996年春，他与季老前缘再续，在未名湖畔漫步对话，就有了之后关于季老的四部传记，从《季羡林：清华其神 北大其魂》《天意从来高难问——晚年季羡林》到《季羡林图传》《千手拂云 千眼观虹》。

一部《季羡林：清华其神 北大其魂》个性激荡的文字，浓墨重彩绘制季老一生。脱稿之日，卞毓方交付季老过目。视力不明的季老请人代念，一个月后，季老只字未改，只删去四个字，说关于他孙儿季泓的大名写错了。是对卞毓方行文着字的肯定，也是季老的涵养。惺惺惜惺惺，英雄惜英雄，他们是师生却更似知己。因为卞毓方真正走进了季老的内心，他懂得季老，他理解季老的孤苦，高处不胜寒的寂寥。在《天意从来高难问》中，卞毓方设问：晚年季羡林，世人谁能解他的"孤独"？谁能？唯有卞毓方！世间事就是如此机缘巧合。季老御鹤飞升的第二天，该书面世。一语成谶，这书名似有玄机在。

面前的卞毓方，思路清晰，语言犀利，往往是一语中的，直指问题症结。很多见过他的人说，交谈不了两句就心里发怵。但是以我观来，文人的孤傲狷介的脾性是有的，否则是不能写出那风格独树一帜的散文和传记的。但生活中的卞毓方很慈祥，并没有距离的威压感。提及当年自己的一些"小恶作剧"，一脸得意，一派天真。

他让我看他那两个大书柜，一个盛满金庸的书，一个塞满考古书籍。想起季老在世时，曾经这样评价卞毓方："毓方之所以肯下苦功夫，惨淡经营而又能获得成功的原因是，他腹笥充盈，对中国的诗文阅读极广，又兼浩气盈胸，见识卓荦。此外，他还有一个作家所必须具有的灵感。"中肯确切！卞毓方的散文，纵横捭阖，气势恢宏，笔下千军万马，腹中静慧二气，融历史、文化、人文、人性于一体，殷殷的人性关怀和历史反思隐藏在洒脱的文字背后，嶙嶙突兀，凛凛寒芒。

犹记得1999年年初，卞毓方在《十月》开了一个散文专栏《长歌当啸》，内容关乎20世纪的思想文化大家——毛泽东、鲁迅、周作人、胡适、郭沫若、马寅初等，均已发表或脱稿。接下来，他打算写金庸。他买了金庸所有的小说，为了比较，他同时也阅尽梁羽生和古龙的小说。通过比较和对照，发现他们的趋同和差异所在。读《南天试剑》，卞毓方不是文人，而是长铗在手的江湖侠客，一支如橡巨笔幻化成轻灵长剑，剑出鞘，龙吟声不绝，寒芒闪处，剑气如虹飞花摘叶，金庸、古龙、梁羽生，古人今人，剑随意走，指点江湖。读者醉了，但是他清醒着，他是清醒而冷静的剑客。

卞毓方有个习惯，也可以说是原则，对那些可能或即将成为笔下的人物或事物，他从来是未雨绸缪，事前做大量研究，遍读有关书籍文献资料，调查走访很多人，通过梳理提炼出自己的观点，从不为人注意的细节入手，文章立意高远、观点卓异，出其不意而又直达巅峰。更兼他的思维缜密，行文恢宏，语言辉煌。读他的文章，你会发现他的遣词造句功力了得，在对文字的挖掘方面是一种贡献。在当今浮躁的文化氛围下，这样为文者可谓是屈指可数。而他一直就这样一路走来，心无旁骛。无论是先期的散文，还是近年来的人物传记。

一次在参加一个画展的路上，他疲惫地说，最近太累了，为了写一个人，就要读十几本甚至几十本书，而自己最后写出来的文章仅仅是三五千字而已。然而也有很多时候，他在做了大量研究工作之后而放弃不写的。但他并不认为是浪费时间，他说，他们清晰的思路和严谨的思考对自己是大有裨益的。所谓开卷有益是也。他这种为文负责的精神在很大程度上影响着我。然而大量的工作无疑耗费了他很多时间和精力。

2010年，卞毓方着手《千手拂云 千眼观虹》，为季羡林、钱学森、陈省身、侯仁之、杨绛、黄万里等大师立传。卞毓方认为这六人共同点有五：同庚（1911年诞生）、与清华大学有渊源、赴欧美留学、大家、长寿。值得横向比较，纵向思考。其中为了找到钱学森的一本英文版的书，他专程飞到美国，结果空手而归。后听说台湾有翻译本，又辗转托朋友买来，再费尽周折捎给他。

如果说大量购书、读书尚且只是花个银子、费点脑力的话，而要采访这些硕果仅存的大师级别的人物，则颇为艰难，辗转周折。幸而晤面是几世修来的缘分，惆怅无奈的无功而返也是常有的事。每每谈及于此，他的话语里便带有萧瑟的低沉："其实采访哪一个人都不容易。"

饶宗颐与季羡林同为国学大师，同为敦煌学的标志性人物，而季羡林驾鹤仙去，饶宗颐一峰独秀。卞毓方并不认识饶宗颐，但是他要把饶公变成自己笔下的人物。2010年8月，听说饶公7日从北京中转飞敦煌度95岁华诞，他马上买了飞机票。所幸与饶公同机飞赴敦煌，算是了却了一桩心愿，《饶宗颐：一座岛屿》得以出炉。卞毓方写道："饶公在我眼里，分明是一座岛屿；尤其那额头，那人中，那下巴，那微笑，令我觉得还是一座山石嶙峋、古木参天、百鸟和鸣的岛屿。"人与岛，何如？卞毓方这样解释："在地理位置上，饶公是生活在香港，生活在一座岛上；在中国学术界、文化界，饶公也是处于边缘，类似于岛屿的地位。但是，由于他的坚如磐石的存在，使他和整个文化大陆连为一体——饶公之于敦煌学，饶公之于中华文化，乃至世界文化，正是这样一种岛屿和大陆的态势。"

国学大师南怀瑾，晚年隐居太湖，不接见任何外人，尤其不愿见记者。2010年12月，卞毓方专程赴吴江，却无法得见。最后在静思园园主陈先生的帮助下，与仙风道骨的南怀瑾同席谈笑。南怀瑾有两句诗："拄杖横挑风月去，由来出入一身轻。"在《大散关里的南怀瑾》中，南怀瑾说他在闭大散关。卞毓方理解为无拘无束，自由自在。

这种做事专注，全身心投入的状态，对自己的身体必然是一种戕害。很多时候，他行走在全国各地，脚步追随着一些文化的辙痕。一个年轻人尚且吃不消，何况一位年近古稀的老者。2011年6月6日，第二届长江三峡国际旅游节在宜昌开幕，邀请他为大会著文，并由央视陈铎先生朗诵。文章写出来他就病倒了。他后来对我说，太累，虽然只有两千字，但是需要写好，才能让文章流传下去。事后，他对我说，如果单单是为了应景，那不是散文所能承受的。但他最后决定对着三峡作文，是因为对三峡这样一个自然景观，为文者的责任就是让文字唤起人们的思考。于是他在文字最后这样写道：

"……金戈铁马的演义从来短促，'刘备托孤'的故事空留余韵，高江急峡的雷霆也已化作渺渺逝波，唯有文化的光彩历久弥灿，万古不磨，抚慰着历史也抚慰着现在和未来。我在碑林间徘徊复徘徊，想，倘若千年诗城举办千载诗歌大奖，从中遴选出一首最最气壮山河、砥砺人心的佳构，让我投票，我一定投李白的《早发白帝城》。其诗云：两岸猿声啼不住，轻舟已过万重山。"（《三峡》卞毓方）

同样的情况在他写完普陀山《渡水观音》后亦出现了，病了七八天，整个人虚脱一般。足见为文之辛苦，难怪季老说"惨淡经营"。

与卞毓方成为亦师亦友的忘年交，实属偶然。那是2010年深冬，老乡嘱我去拜访他。我刚发过去邮件，他就打来电话，约我次日面谈。第一次见他，他坐在书桌后，朴素、普通如邻家老翁。简单问我一点情况，然后开始语速很快地说话，苏北口音让我嗯嗯啊啊地连唬带蒙才能猜出他的意思。无意间扫见墙壁上挂着季羡林的书法，还有他们的合影。

临别，他拿出自己的书送我，签名的书体很狂放。归来翻阅，不知不觉就沉浸其中。文字如蛟龙在云海里翻滚升腾，行文汪洋恣肆、天马行空、自由自在。散文的飘逸挥洒、历史的厚重端丽、哲思的冷凝刀刻、诗性的浪漫奇美，文章中有一股气势在奔突燃烧，勾魂摄魄。而那些人物就在这潮起潮落的气势中变得立体而清晰。读完后有种酣畅淋漓的快感，不啻于琼浆玉液，穿肠而过，清冽无比。而细细回味，那笔锋隐藏在飞扬文字背后的道，锋利、寒凉，令你激灵灵打个冷战，犹如醍醐灌顶，当头棒喝。

一次闲聊时，他说了三点：一要守住，经得起权、名、利的考验；二是文章要有思想、有内容；三要耐住寂寞，不要受任何人或事的干扰。他举杨绛为例，闭门谢客，纵故交如他，也只能偶尔通个电话，一小时足矣。因为时间、精力、生命有限，固守寂寞方能保证每一寸光阴的厚度，因为一个人一年下来也写不来几篇好文章。他说，不要苛求别人对自己的理解。生活中很多人或事要学会遗忘，不要为不值得的人或事去浪费自己的生命。人生就这么几十年，要自己活得清楚明白。寂寞才能有慧心慧眼冷静旁观，看穿世情。这些话我都牢牢记得，成为我坚守自己为文为人的最大支撑点。

一次在某大学教授画展上，他面批那个初次谋面的艺术家教授，如匕首投枪般锋利尖锐。他只跟对面一个很邋遢的老人说了两句话，就转过头对我说："你去采访他，写他。"你不能不佩服他识人的独到和犀利，那个人果然是一个很有人生际遇传奇的人。

似乎一直以来卞毓方就是一个很敏感很有前瞻性的人，做事往往是不鸣则已，一鸣惊人，而他的人生似乎也跟别人不一样。1970年，毕业分配到湖南的他，不甘心文学梦灭，于1979年再度考研返京。在经济日报出版社的那一年间（1989—1990），他策划出版了三本书。这三本书代表着他的眼光、考量、明锐性和前瞻性。《20世纪的大趋势》，是他请驻美记

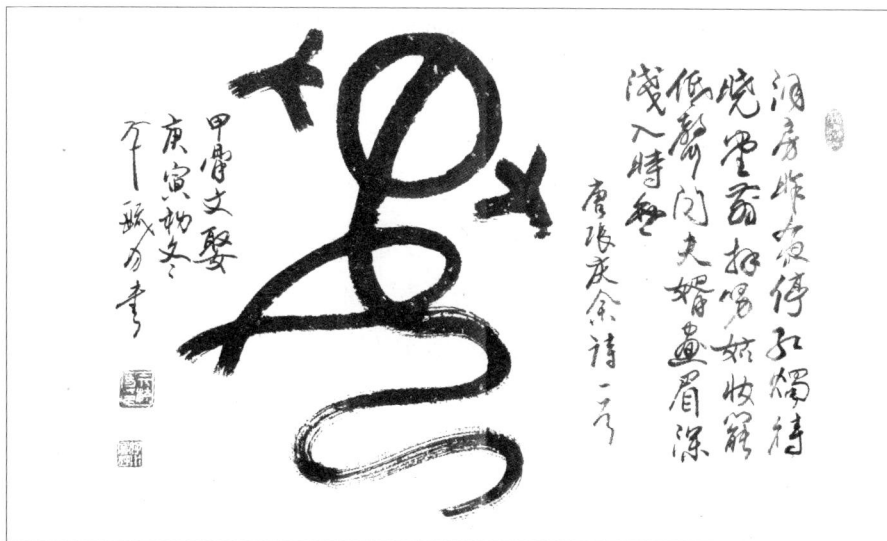

卞毓方篆书

者买回来然后翻译出版，遂成畅销书。《非均衡的中国经济》，作者厉以宁。当时对该书有避讳，卞毓方大胆拿过来。当出版社提出去北大调查厉以宁时，卞毓方呵呵一乐："他们不想想我就是北大人啊，我就说调查了没问题。"厉以宁的书得以顺利出版。至今提及他当年的小"诡计"，老人脸上仍有着孩童般的得意。《走向繁荣的战略选择》是一本论文集。这是卞毓方在厉以宁办公室看到他的研究生的论文，卞毓方敏锐地意识到这些论文的价值。这三本书当年在图书评选中都获得一等奖，后一本书更成为中共中央的经典文献，很多举措都与这些论文作者的思路不谋而合。

　　类似这样置之死地而后生的情况一再发生在他身上，不，确切地说，应该是他不给自己留余地。1995 年，他开始写散文。那时的他总觉得有话要说，散文成为一个载体，表述他的想法。他给自己定下期限——五年。他花半天时间学会在学习机上用拼音打字，并敲出了《文天祥千秋祭》。两年后发表在天津《散文海外版》，之后入选广东省高中一年级语文课本。从报纸的千字文到散文专栏，时间跨度仅仅不到两年，散文界就有"南余北卞"之说，但他拒绝。他很客观地评价余秋雨，余秋雨当时的出现适逢文化空档期，占了天时地利与人和的先机，"他开了一个好头，可惜没有守住自己"。

国内散文界影响力很大的《散文选刊》，每年都进行十大散文作家评选，卞毓方连续五年榜上有名，与沈从文、钱锺书、季羡林同列。就在他的散文声望日隆时，他放弃了散文。理由是，散文不能连写五年，否则越写越空。他闭门学习，学英语、看书充电，研究上古文字。为了记住那些上古文字，他开始手写，也就是从那时起开始练习书法。他的书法是以现代美感美化甲骨文。他书房墙上挂着一幅字，是甲骨文的"娶"字，风格独具。再后来就不断有人上门求字，这是后话。

几年浸淫上古陶文，著文《舜目"重瞳"考》，指出司马迁不懂上古文。之后他停止在考古路途的前行。作为学者，就修养而言很必要，对考古来说则是歧途。他非史家，无法深入第一线获取第一手资料。而对一个学者来说，修养足够，涉略够广深。

近年来，他转入写人物传记。同散文一样，他笔下点涂勾画的人物，须得够分量。他说，这是个大师大家充塞于道的年代，也是一个没有大师大家的时代，他要做的就是寻找大师。于是，每一个电话的内容、地点、人物都不同，他一直在路上，在不同地点留下足迹。他在丈量华夏大地，他在深化历史厚度，用双脚、用纸笔、用思想。寂寞心冷静旁观，远离一切世俗活动。他说，说我清高孤傲，由它去。他说要关注自己认定的事情，文章只有在50年后依旧保留的才有价值。

由此，想起美术大师黄宾虹晚年的预言："五十年后识真画。"同样，文字作为精神的载体，成为一种性格的见证，形成一种思维的轨迹，在岁月如潮中，披沙沥金，雕刻时光。以出世之心看入世之尘，喧嚣和浮尘都散尽，涅槃重生！

韩静霆

中国电影编剧、音乐家、作家、艺术家。军委空军政治部文艺创作室主任，大校军衔。中国美术协会会员、中国作家协会全国委员会委员、农工民主党东方书画社社长。主要作品有长篇小说《凯旋在子夜》，中篇小说《战争，让女人走开》以及电影、电视连续剧《大出殡》《市场角落的"皇帝"》《孙武》等。所作歌曲《今天是你的生日，中国》更是传唱不衰。享受国务院颁发的第一批政府特殊津贴。1984年至2006年，韩静霆曾在中国美术馆、北京琉璃厂及澳大利亚和哥伦比亚驻华使馆举办个人画展。

1997年6月，他在中国美术馆举办了个人画展。其代表作《马》2003年在法国获奖。

2006年，《韩静霆中国画集》由人民美术出版社正式出版。

2013年11月，中国美术馆举办《丹青四梦——韩静霆文人画展》。

韩静霆，这名字就是他的一生，这名字就是他的气质。他是学音乐出身，却在音乐、文学、绘画三个层面成就巨大。他的创作"霸气逼人，文气夺人，才气袭人"，是中国少见的全才、通才、奇才。韩静霆早年师从中国著名国画泰斗许麟庐先生，孜孜探索艺术臻境，终于将文学、音乐、戏剧修养融入国画创作，创造性地传承了艺术大师齐白石的艺术风采，形成了自己鲜明的艺术风格，在当代，中国文人画在他这里达到顶峰。他的画作潇洒飘逸，雄浑豪放，人称"梁楷在世莫过于此"。

静慧·雷霆

——大写意韩静霆

　　唱一曲《今天是你的生日，中国》，满心喜悦；听一曲《二泉映月》，感受二胡魅力；吟一阕《梅花引》，慨叹梅骨铮铮；看一遍《凯旋在子夜》，壮我豪迈情怀；读一册《孙子大传》，身历春秋风云战国烽火；咏一章《听泉》，身心陶然；颂长诗《长爱歌》，一心缠绵悱恻；品一幅水墨，墨香沁心脾。他是将军，却一身儒雅；他是文人，却笔下雄师百万；他一手拉二胡，丝弦尽颤；他一手弹琵琶，沧桑拨转。他左手执笔，烽火硝烟俱往矣，荒尘古道自苍凉。他右手执笔，描绘写意山水，人醉马嘶意已酣。他左眼穿透历史，画卷恢宏漫漫；他右眼笑看红尘，名利尘土消散。他笔下纵横捭阖，心中柔肠百转；他剑胆琴心，举手投足却温文从容。

　　你可以说他是词作者，你可以说他是演奏家，你可以说他是作家，你可以说他是诗人，他也可以是导演，也可以是策划，可以是散文家，也可以是画家。你很难定义他的身份。而他的名片上赫然印着：写手、画工、琴师、大兵，令人莞尔。他是谁，他就是著名军旅艺术家、空军文职将军——韩静霆。

　　阳光明丽的初夏，花香四溢，青翠满眼，假山绿树环绕的恭王府安善堂，在刘曦林先生《水墨清韵》展上，偶遇韩静霆。只见他身量不高却气度非凡，话语不多而举止优雅，笑容温和而气质古典，神情恬淡而眼神睿智。他有一种令人心安神宁的力量，在他面前，你会自然地放松，说话的语调自然地放低。静，是他给你最强烈的印象。坐在树影斑驳的雕花回廊上，听他慢慢地给你讲水墨的至理，阳光照在后背上，暖暖的，背光而坐的韩静霆，阳光给他笼上一层光晕。眯起眼，有刹那的惶惑和迷离。而此刻，韩静霆手里拿着烟卷，又数度放下，细小的动作却让人感受他的周到。

谈及韩静霆近来状态，偕同前来的夫人王作勤女士说她刚写了一篇关于韩静霆的文章《怎一个"开了"了得》，她说韩静霆的水墨艺术"开了"。"开了"就是彻悟了，通透了。韩静霆只是温温地笑，很淡然的样子。一脸宠溺神情的王作家又说："先是开了，接着就是通则痛也"。王作家爽朗大笑，韩静霆依旧温温地笑，眼神有一丝悠远。他是已经活出境界来了。心下感叹，这份淡定，大智慧当如是！

世人多诧异韩静霆琴棋书画的精通，其实自我观来，个中玄妙莫过于"静""慧"二字。静则悟，悟通慧。"慧"之一字，心上雪融，冰箭穿喉，灵和魂俱丰矣。反之，慧致静。静慧互养。于韩静霆而言，天赋英聪，阴差阳错而学了音乐。而身在音乐殿堂，心在诗词歌赋。投笔从戎，却是纸上谈兵。身披戎装，骨子里却是一个不折不扣的文人。十八般武艺样样成就斐然，对此他却只是朴拙一笑而已。人之一生，最初一个梦想魂萦梦牵，即使中间千转百回的穷经究年，依然要回到那个原点重新演绎，人生才算圆满。

曾经在中国美术馆看过展出的韩静霆水墨作品，笔墨洗练，气度雍容

韩静霆作词

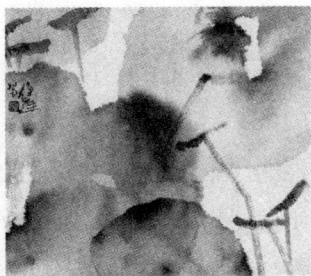

韩静霆作品

而又细腻隽永。不由慨叹，艺术是相通的，音乐的韵律优雅，诗歌的才情飞扬，小说的撼人心魄，历史的波澜壮阔，笔墨的山水滋养，文韬武略运筹帷幄都是心中有丘壑，纵横捭阖、笔墨恣意俱为灵脉相通。无论音乐还是绘画，无论文人抑或将军。心意通灵，则下笔通神，创作从心，意境自然生发晕染。

喜欢韩静霆的散文，文字在他笔下有了温度有了声音有了色彩。

"我用黑土制成能吹奏抑抑扬扬、呜呜咽咽曲调的埙，我的埙就是我的唇舌，我生命的延长，我灵魂的独白。"（《黑土地》）

"真正坐在船上，才算是知道水乡呢。船儿款款地贴着水镇人家的窗根儿摇，穿过一个桥洞，又穿过一个桥洞，风景明明暗暗。船儿咿咿呀呀地自说自话，船儿赶着一群又一群湖鸭。"（《周庄烟雨中》）

"演奏《二泉映月》，有一种心灵沐浴冲凉的感觉，琴弓的马尾吃住了弦，像是把山里的玉石锯开了一个小缝儿，泉水呢，顺着左手指头尖儿款款地流出来，跌扑回环，绕在身边。心里所有的浮躁、郁闷、烦琐，都被淙淙流泉冲走了。身上清爽得很，干净得很。舌根也甜润润湿漉漉。"（《听泉》）

而他最感人的一篇散文《魔方》，令我一读再读。字字都是一个父亲的拳拳心，句句都是一个父亲的殷殷意，字里行间流淌着父爱，洋洋洒洒是深情。

有情自动人，遑论文字抑或艺术。韩静霆把音乐、文学、美术互为因果，相辅相成。诗中有画，画境韵诗，墨韵优美，诗情画意都在一笔一墨中悠悠晕染开去，文人意趣、水墨精神相映成趣，自成一家卓然秉异。一如他的名字，雷霆风云气势在翰墨飘洒的清静净雅中消弭幻化为无形。静慧一笑，大境界耳！

收回自己信马由缰的思绪，凝注眼前的韩静霆，依旧温和的笑容，深情宁静，眼神淡定。记得他在《周庄烟雨中》这样说："粉墙乌瓦和小桥流水构成的周庄，船的梭织连成的周庄，是一种禅境，是物化了的精神的田园啊！这种禅境，不是古佛青灯下的'禅'，而是一种'平安家园'的感觉，那么凡俗，那么自足，让人随便想些什么就想些什么，让人眷恋，让人相思，让人散开胸中的积郁。"而眼前，刘曦林先生的水墨小品的超然清雅，昔日巍巍恭王府今日游客在花木扶疏中穿梭流连。一轮白日灿灿地照在琉璃瓦青石地，只是今夕何夕他年今朝。施施然静坐微笑的韩静霆，似有一股静慧之气在光影斑驳中游离。

起身，下台阶，看见庭院中熙攘的游客，不时举起相机，谁为谁的风景？

出口，不经意回眸，盈目是一处"曲径通幽"。回望，满眼川流的游人，心中想，幽在何处，幽在心中吧！

吕立新

著名文化学者。央视《百家讲坛》艺术主讲人，艺术鉴赏与投资专家，北京皇城艺术品交易中心总经理。《20世纪美术作品国家档案》项目负责人，英国《金融时报》FT中文网专栏作家。著有《隽永的时尚》《中国艺术大师——齐白石》《齐白石：从木匠到巨匠》《徐悲鸿：从画师到大师》《跟着吕立新去买画》《吕立新说画》。

2007年，被文化部文化市场发展中心授予"突出贡献奖"。

2011年，荣获BQ红人榜"年度传统文化红人奖"。

2011年，荣获北京新闻广播"北京榜样提名奖"。

在京城的车水马龙里，有这样一条街道，如果适逢雨天的清晨，这条街道恍若回到民国时期，古树清新，街道清幽，静谧悠然。在这条街道的尽头有一所在，灰墙青瓦，背后是故宫的红墙。菖蒲河静静流过，银杏叶在阳光下灿烂。颇具闹中取静的清贵之气，生出花开人独立的味道。一面高高的红墙隔开了长安街的车水马龙和天安门的熙攘喧闹。这就是皇城艺术馆，而这个艺术馆里的核心人物就是吕立新，对面而坐，天光垂落，一盏茶，打开一个人的心门。

对面

——默读吕立新

1982 年，优秀的你考上河北大学，而我正在读拼音运算加减乘除。那时的你我同在一个省域，却距离遥遥，你不知我，我也不知你。

1986 年，你大学毕业，期间写出一部剧本，表演艺术家于洋热情接待你，女导演秦志钰亲自执笔逐字逐句地批改。然后你进入唐山电视台做编导，事业开始蒸蒸日上。而我刚刚小学毕业，正在从叔叔、哥哥手里抢着各种书籍囫囵吞枣地吞咽着。

1996 年，同学十年聚会，你说了俩字——辞职，心情并不太舒服，因为那时的大家还在激情满怀地往前奔。而我即将大学毕业，沉默寡言地写着风花雪月的文字，做着不食人间烟火的清梦。那时，你我的距离依旧是同饮一江水。

2006 年，第二个同学十年聚会，你说："研究书画艺术"。同学间彼此关注的重心已经转向生命自身的价值与生活幸福的定义，让你有了岁月的感觉。而我在一个静谧安闲的乡下徘徊，做出自己人生一大决定。那时，我距你，是平行线，毫无交集。

2010 年，你站在《百家讲坛》，娓娓道来，风度翩翩，气度雍容。艺术与人生在你自然干净的言语中缓缓流淌，似清风拂面。我喜欢文字，也

对面

吕立新

喜欢艺术，但是电视主持人、主讲人之类，于我只是风过无痕，但是你的讲解，令人耳目一新。艺术可以这样切近平实地讲述，可以这样画面感极强地叙说。彼时，触摸你是凉凉的电视屏。我距离你，一个45分钟的电视节目。

2011年，无意翻看你的微博，简简单单几句话，或者放一个图片，不谈政治，不谈经济，不谈社会，只谈生活。而就在悠然散淡中，却在表明你的生活态度。你有新苗粉丝五万余众。我一直在自言自语地"织围脖"，对你的微博我从来默默关注，只看不评。依旧没有任何交集，但是我能感受你的气场，你的气息细细淡淡地幽幽传来。

2011年，国庆节，一个值得纪念的日子。第一次通话，听见你温和的声音，淡淡的笑声。距你，一根无形的细细的电话线的距离。

2011年10月25日，闹中取静的皇城艺术馆，红墙青瓦，典雅地静立在小桥流水边。垂柳依依，疏竹剪影，红叶醉染。四壁悬挂着唐卡、国画，偶尔走过的员工也是轻步细语。你走过来、伸出手，真切的温度传递过来。落座，你我的距离只是盏茶间。

记得你曾经发过一张图片，画面只一张椅子，附言："此刻，你最希望你对面坐着的是谁？"从心理学上讲："积极的选择是对面坐着谁，消极的选择是身边坐着谁。封闭的选择是心里坐着谁，开放的选择是对面坐着谁。"此时刻，你我相对而坐，浅浅一笑。

西装革履，优雅干净，轻声细语，风度悠然，你比荧屏上的瘦削。竹藤椅、古铜背景墙，天窗洒下深秋干净的阳光暖暖地笼罩着你，古朴环境下的你却是如此时尚，有种穿越的恍惚感。是光晕还是你的气场，让我有瞬间的眩晕，思想出现短暂的断片儿。

瞩目眼前的你，之前所有的困惑都迎刃而解。中文系毕业的你，骨子里很细腻、很感性，对艺术的天赋和悟性，让你曾经认为影视业会是自己的事业。然而天性中的安静宁和，让你厌倦影视圈的浮躁和喧嚣。你更愿意做一件一个人就可以完成的事情，而艺术品的鉴定恰好可以满足你的要求。

也许冥冥中就注定要你走这条道路。面对水墨笔线，你不知不觉地沉醉其中。从日本留学回来后，你远离了影视，开始浸淫艺术。曾经三更起五更眠，遍翻艺术资料。艺术品鉴定是专业性极强的行业，是各种知识的综合。你说一个好的艺术品鉴定家，需要一个人极具天赋。而这天赋背后又需要你的记忆力、辨别力和思维能力来支撑，而这些因素的催化剂就是勤奋，只有勤奋才能让这一切融会贯通，浑然天成。

而今的你温文尔雅的散淡平和背后，实际是一个勤奋如斯的人。安静如你，能把自己关在房间里一天足不出户。桌子上常常同时摊开几本书，而这几本书几乎又是同时读完。你身后大大的书架是铁质的，承托起一排排厚重的词典样的书籍，有了沉甸甸的质感。从这层层叠叠的书籍里，能看到一个嗜读如命的学者的治学态度和思想深度。你说，我们读书，我们回望古人，是想从他们身上看到与今天相通的东西，从他们身上看到今天我们需要的东西。

　　两度登上《百家讲坛》畅谈艺术人生，你一亮相就令人惊艳。更兼言语干净、神态自然、台风端庄、潇洒儒雅，眨眼间你倾倒无数观众。宝马七系的广告拍摄，又展现了你气度非凡的一面。红墙的厚重，晨曦薄明的光影中，无论垂首沉思、极目远眺抑或随意的驻足，油画感极强地渲染着广告语："生活艺术，唯我独尊。"在这组照片中，让你自身内涵气质龙飞凤舞地书写着两个字"风范"。

　　尊贵其实是一种态度。真正的贵族味道，不是外在的点缀装饰，而是骨子里散发出来的韵味。你一直纳闷"微博不是应该很轻松吗？为何有人搞得那么累。唉……如果连这个都变得功利了，那生活中您就没有轻松事了"，于是，你一直在微博中淡淡地表明自己的生活态度和生活方式。什么是真正的幸福，什么是真正的生活，你以自己的伫立和坚持，把生活和艺术的融合，生活滋润舒服才是幸福的认知传递给大家。远离浮躁和激愤，首先要做好自己，然后感染身边的人。

　　细致如你，总是能从司空见惯的平凡中发现美，你用心感受着点点滴滴的纯粹。每天，你都会让自己从书籍中抬头，从事物中抽离，找个安静的地方独处片刻，让心享受一份宁静超然。常常看你在原野里、街头上、小河边、竹影间的流连，施施然闲适而从容。一颗向日葵、一家老店铺、一座古朴的院落、一片红叶、一弦京腔京韵，都让你满足地叹息。偶尔你会静静发呆，对一幅画，任沉香袅袅，茶气氤氲，时光肆意流过，沉思与否都不重要，静，也充实。抑或你会坐在街头，看熙来攘往的人流，无为，也惬意。更何况，你日日散步，风雨无阻，随意，自生活。你的举止脉脉地告诉人们，要从急匆匆的脚步中驻足，留意身边的风景。

　　茶气氤氲中，间或有电话进入。每一个电话你都温温地笑，温温地言

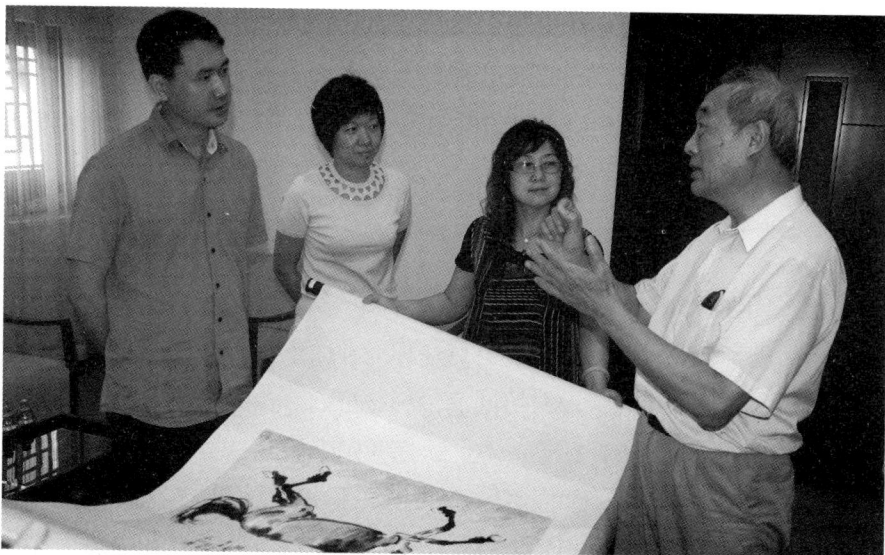

吕立新与徐庆平一起鉴定作品

谈，就在这轻松温和中，无论亲情、友情，还是工作、生意，都轻描淡写处之。可以想见在皇城艺术品交易中心的领导工作中，你应该是话语不多、语调不高，却有着不怒自威的气势。你一直在坚持一种品质，人文化的管理，发掘员工的潜能。你说你是一个不善于聊天说话的人，但是提及艺术，你却侃侃而谈。你是以一言一行的典范潜移默化地影响着身边的每一个人。

记得你曾经说过这样一段话："今天就说说'可以'。你改变不了环境，但可以改变自己；你改变不了事实，但可以改变态度；你改变不了过去，但可以改变现在；你不能控制他人，但可以掌握自己；你不能预知明天，但可以把握今天；你不可以样样顺利，但可以事事尽心；你不能延长生命的长度，但可以决定生命的宽度。做到这些可以吗？"是啊，"成熟的心境是不希望被更多的人关注，而是愿意关注更多的人"。眼下，年度"北京榜样""文化红人"正被提名候选，于你，选不选上都无所谓，重要的是自己做了什么。而事实上，你被提名已经证明了你当之无愧。

你平和的外表下，骨子里却有着一种很锋利很尖锐的东西，有着铁肩担道义的担当和豪气。你通过讲述齐白石和徐悲鸿，让自己的知识成为社会的资源。从最初想做一个人做的事情，不经意间的登坛开讲，让你变成了一个公共社会学者。你一直在呼吁"人人学点美术史，人人懂点美术知识"。你主持"盛世修史"，把 20 世纪美术大师的作品整理结集，抢救艺术品去伪存真，给后人留下一座宝库，虽艰辛却是开先河之作，甘为先驱。历史上也只有乾隆皇帝曾经把皇宫内藏的名画结集出版。

曾经问你，会不会如《百家讲坛》造出的星一样，开始市场运作。你摇头，你没有必要，因为做电视节目是你最业余的事情。你一直拒绝为各种媒体和各种论坛讲课。面对坊间流传你是红人、牛人、潮人的传说，尽管各大媒体给你贴上各种标签，对此，你在归来后说："秀场结束，云淡风轻。"甚至对各种媒体对你的报道，你都用一份娱乐的心态看待。你淡淡地笑言那都不是你所愿，你更愿意沉浸在艺术中，享受那份悠然和宁静。有时候你对着四合院的丛生杂草，开始酝酿写一本记录老四合院翻建的书。是的，你骨子里其实是一个文人。

翻看眼前你的书《水墨齐白石》和《写实徐悲鸿》，你的签名有着一种别致的味道。我问，如果让你在这两者中选择，你更愿意成为哪一个？你毫不犹豫地说："齐白石。"是的，齐白石的水墨境界，温润而清雅，恣性而清淡，而你的状态不正是中国的水墨之境——润物细无声的脉脉写意吗？

挥别，你伫立在朱红大门口。回望，你身后是旧日的皇城，皇家的小河，绿树扶疏，竹影暗香。是风景衬托了你，还是你点缀了风景，抑或你本身就是一道风景？！

再回首，你已消失在青瓦灰墙间，但是你的呼吸，你的气息却在身边萦绕。我距你，触手可及。

后记：

吕立新曾经给自己定下一个目标，一年一本书。而且他的确也这样做

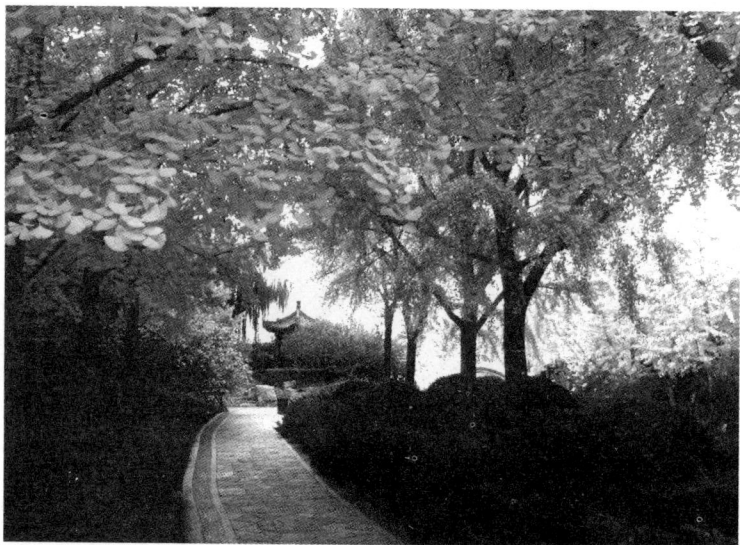

菖蒲河秋色
吕立新摄

着。2012年，他出版《跟着吕立新去买画》，根据自己20多年的亲身经历及见证的艺术品收藏和投资的心得和经验写就的。此书是一本真正的专业艺术品投资书籍，填补了中国美术史和美术鉴赏史上的空白，可谓是学术史上的开先河之作，甫面世就赢得一片赞誉，不仅仅是书籍承载的文化担当，更因为其中传达出的他的生活态度。2014年，他又出版《吕立新说画》，进入艺术与人性的层面，发人深省。

但凡大成者，总是心怀一份朴素的信仰和热望，在人生际遇中风云跌宕，并还原为起始，成为一种精神的支点，在漫漫岁月里淘洗为一个无形的价值观取向和人文大情怀，自有一份社会担当。读人的目的，无非是从中悟出一些道理来丰盈生命的层次。在故事里解读山高水远的历史烟云，时间洗礼过后，尚善的本性和道德的恪守修炼，当为人生与艺术之根本。唯此，以水滴石穿之功，成全时间、空间、社会、历史的吻合。至于传奇，那就是水到渠成之事了。在这个天气渐凉的北方深秋，距离当年的对话，时间已是四个年头。菖蒲河水变得清凉起来，银杏叶又是金黄纷披的季节。重读旧文，别有一番心境。

王斌

出生于福州，祖籍山东，15岁从军，退役后曾当过工人、图书馆员、文学研究人员及文学编辑，80年代开始文学写作，中国当时最早的一批自由撰稿人之一。20世纪80年代从事文学批评，90年代进入电影界做过文学策划与编剧，著有长篇小说《遇》《味道》与《六六年》。曾策划电影《活着》《满城尽带黄金甲》《摇啊摇，摇到外婆桥》《有话好好说》《一个都不能少》《我的父亲母亲》《幸福时光》《漂亮妈妈》《千里走单骑》《赵先生》。编剧过电影《英雄》《十面埋伏》《霍元甲》《青春爱人事件》与《美人依旧》。

但凡喜欢在博客里洋洋洒洒或逮住一个人就滔滔不绝的，往往要么很宅要么孤独。因为寂寞，所以需要倾诉，渴望交流。王斌，就是这样一个人，他的孤独抵达他的灵魂深处，并成为他灵魂的外衣。他的寂寞流淌在他的文字和语言里幻化成忧伤的气质。于是，经常是，他已经住笔，仍感意犹未尽。他蜗居在家，一扇门隔开滚滚红尘，却偏偏不时打开窗看外面的风景，还要批点一番，仰天长叹，透着刻骨的忧伤和失望。他就这样小心翼翼地融入，又慌慌张张地逃避。他时刻想自我解放，却又对外界充满绝望。他气质里的一点诗人的浪漫和感性与哲人的理性与清醒，注定要他痛苦，也许这就是他的宿命！

追梦人
—— 王斌浅记

　　王斌，思想很有深度，身材却瘦削单薄、弱不禁风。灵魂很高贵，但是又不分场合不分时间地爆出粗口。心理年龄只有十六岁，但是思想却犀利如哲人。他对技术几近憨痴懵懂，但是文章字字珠玑，敏感细腻而又桀骜不驯，满怀悲情而又顽劣调皮，既羞涩怕生又侠肝义胆。这样一个矛盾的结合体，曾有人称他为盗版"鲁迅"，朋友间更是笑指他是老顽童，但凡都是睿智和诙谐的意味指向。但以我观来，他只是一个活得很真切，思想比身体厚重的简单之人。

　　认识王斌源于他的博客，由最初的零零散散地追求文字精致和文人气质，到后来随性自然如潺潺流水，水到渠成，再到后来，他在微博上出口成章，针砭时弊，纵横捭阖，或拍案而起，或击节而歌，懂得他的知识和素养积蓄到外溢的地步，该是作品大成的成熟时刻了。

　　但是当我着手写王斌时，却颇为艰涩，几易其稿，只因难以准确描绘他的样子。一再翻看他的小说散文，越看心中越凄怆越悲情。在今天，再度执笔，莫名其妙地，有一首歌在心中来来回回地唱：让流浪的足迹在荒漠里写下永久的回忆，飘去飘来的笔迹是深藏的激情你的心语。前尘后世轮回中谁在声音里徘徊，痴情笑我凡俗的人世终难解的关怀……

　　站在光阴的岸边，回望。来时路苍茫，唯一飘荡的一个人的梦想。到了一定的年龄，一定的时期，人们总是开始喜欢回忆，开始静坐冥思。王斌也不例外，他经常会一再地回忆，童年、少年、青年、中年……

很奇怪的是王斌的记忆总是出现断片儿或失忆，也许潜意识中他内心极度拒绝一些事物才致如此吧。但是这些短暂的失忆也给了他充分的想象空间和书写时的发挥延展。那个恐水的男孩在木筏上挣扎，坐在岸边号啕。而同样一个男孩，在幼儿园时，竟然大胆地从幼儿园出逃。于是在他幼年的记忆中，出现了父亲高举的大棒，童稚的哭声，还有追寻自由时路边愉悦的蝉唱。在王斌记忆中，父亲把他倒抱在一个黑黝黝的枯井口，他眼中看见的是一个深不可测的无底黑洞。我想也许这就是王斌记忆深处的恐惧症结所在，是其回忆有意无意出现断片儿的原因吧。

在王斌的心底，总有一缕雾气悲凉地缥缈着，总在秋冬雾起时，勾起他曾经年少的记忆。黄岐半岛小帽山的混沌未开般的大雾，笼罩着几株松柏和枯草。波涛汹涌的大海，盘旋上升的雾瘴，肆虐的萧瑟和寂凉，荒的感觉攫取着王斌的心。五年侦察兵生涯，塑造了王斌今天的习性。然而外表胆小懦弱的王斌，骨子里却有着父亲遗传的血性和刚烈。他公然违抗军令，曾经的将军梦瞬间破灭。一如战友告别时，在山路上的呼唤，在雾霭中浮沉飘忽。经年后依旧萦回在记忆的青春里，从未渐行渐远。

王斌对石家庄一直有着难以言说的悲哀情结，多年来不愿再踏进此地。曾经寄寓四年的文联生涯，他认为是人生最晦暗却难再抹杀的一段阴影，也成为王斌生活和身份的永远的符号。往事不堪回首，前卫先锋的王斌遭遇封闭暗涩的石家庄，于是一张报纸由《文论报》更名为《青年评论家》，虽得以徐光耀的庇护，但是叛逆的王斌仍然成为人人躲避的异己。年轻气盛、血气方刚的王斌，总是毫不转寰地发出自己的声音。于是愤慨、血性与灰暗、孤独成为王斌对四年生涯永远的记忆，以至于至今依旧是毫无留恋的黯然和灰败。

沉默时一直给人安静之感的王斌，内心总是燃烧着一把火，那是一种鲜血生命燃烧的激情。从来一个梦想在他心中驻守着，守望着归程。这期间他在京两度移地，仅仅为了一纸进京户口。几度挣扎，最终他选择了自由，糊里糊涂地踏上他曾经认为的正确路途。尽管之后一顶无冕桂冠"御用编剧"压在他头上，而他心中始终弥漫着雾一样的迷茫，总有一种错把他乡当故乡的感觉。

偶然的机遇，结识张艺谋，于是电影文学策划的名称由他衍生出来，一系列标榜新中国电影史的电影在他策划下一部部诞生。从《活着》《摇啊摇，摇到外婆桥》到《有话好好说》《一个都不能少》《我的父亲母亲》。之后在《英雄》《十面埋伏》《千里走单骑》《满城尽带黄金甲》中担纲编剧。其中他最推崇的依旧是《活着》，他说那里面流淌着质朴和纯真的气质。然而因《英雄》，王斌这个编剧头衔有了悲情的成分，他一直主动承担起公众诟病的责任。这样一个有担当又极原则的人，骨子里有着文人的骨气和气节。他也曾与李连杰合作《霍元甲》，遗憾的是《霍元甲》没有拍出剧本里的悲悯，他说问心无愧就好，有了一份豁达。

长达十六年在名利场的摸爬滚打，他无时无刻地迷茫着，扪心自问着自己这样的路途是否正确。几度颓废的电影生涯困惑着王斌，他觉得自己的路越走越远，越行越惶然。他不停地追问"我从哪里来，我要到哪里去。"身处所谓的艺术圈，却与艺术圈格格不入。孤独、落寞、悲凉时时伴随着他。在一个不讲艺术的时代，他一直奔走呼号着艺术的悲悯情怀，那是遍洒在普罗大众身上的人性的真诚、温暖和光辉。然而他一次次失望着挫败着纠结着。他记起当年格非曾经说过的一句话："中国电影距离中国文学还有十年距离。"如今在他看来，二者更加分道而远驰。

王斌总是怀念20世纪80年代。他说那个时代的人活得有信仰有思想，那时的人的血是热的，态度是真诚的，大家都在思考中国的命运。文学起着思想导向的作用，万众拥戴文学，相较今天的浮躁功利、社会价值取向的坍塌，愈发弥足珍贵。于是王斌决定要重新找回真实的自我。当心中的

王斌

梦想再度燃烧，他说是该对这个时代说点什么了。于是王斌从影视中决绝地抽离，回归到文字的净土，在文字中寻找到一份灵魂的安宁和皈依。文字给他以心灵的抚慰，也让他在写作中一再对自己审视、剖析、认知和解读。他也希望自己的文字能给茫然的国人以启悟和慰藉，渐渐地他发现这种心灵的抒写，成就了一种在高空俯瞰芸芸众生的悲悯情怀。

三年时光，三年宅生活，王斌经常处于失语境地。心境一如深秋，万木凋敝，落叶翻飞，弥漫着肃杀萧瑟的悲凉。这种情绪把王斌困在其中苦苦辗转挣扎，终至把王斌割裂成两个人，一个埋头伏案笔耕的王斌，一个潜在阅读王斌的王斌。笔下流淌的所有的言语，都是两个王斌的交锋，峥嵘隐在清泉般的字里行间里却嶙嶙张扬着。

三年的卧薪尝胆，三年的苦心孤诣，王斌的三部小说《遇》《味道》和《六六年》相继出炉。然而我认为，前两者依旧有着鲜明的电影色彩，立体的镜头描写依旧脱离不了剧本的印痕。真正能称为小说的是《六六年》，不仅因为整部小说中洋溢的纯文学的味道，文字清雅诗意，更重要的是小说背后的思考。客观冷静的叙述背后难抑的悲悯。

在王斌心中，写作是至爱。因爱而写。没有爱，文字是枯败没有生气的。在缪斯面前，爱的光辉温暖着王斌的心，支持着他坚定前行。重回普通人的生活，静静感受那种心灵贴近的氛围。无论是《遇》到流浪、迷失或无依，还是呼吸已逝温情的《味道》，翻检过去的日子里，王斌有了落地的踏实感。

长久独处的生活，让王斌变得爱回忆。曾经年少轻狂的情景一再上演，那些消失的往昔青葱的华年总是在梦中回荡。直到有一天，午夜惊醒，巨大的悲怆如潮水般在王斌内心激荡奔突，所有的记忆都清晰地指向1966年，一个时代的节点。童年所有的记忆、岁月的沉淀、人生的思考、灵魂的指问，都在笔尖下流泻着。经常是，写着写着满心悲伤，眼泪几欲夺眶而出。

2009年7月22日，他落笔在"残阳如血"，四个字，久久压抑的泪水奔涌而出。王斌说整篇文字是他用鲜血凝注而成的。世间事总是因缘际会，而止笔那天恰恰是百年不遇的日全食，这也许是冥冥中宿命的选择。一个风起云涌的时代，被王斌轻轻拭去尘封的灰尘，露出岁月的曾经充满苦寒伤痕与希望的丰盈。于王斌而言，人生艰涩漫长、孤寂如寒夜终会过去，晨曦暖阳终会来临，他向时代发出声音的使命已经完成。于整个人类而言，一个时代轰轰烈烈地结束，其实是不断失去挚爱的过程，而且是永远的失去。然而人性的善良的微笑依旧温暖着人们的执着和期盼。生活中，充满了失望和希望，失望在先，希望在后，有希望就不是悲。

王斌的文章，文风深情款款，最黯淡处依旧看不出狰狞。细品，字字如天籁清泉轻吟浅唱。而清雅的字里行间却弥漫着淡淡的哀伤。读文读人，都能感知背后那个满眼悲悯的灵魂在默默眺望。就是这样一个骨子里很有文人风骨的人，博大厚重满怀悲情，沉思起来，哲人般深邃幽远，现实生活中却十足一个老顽童，比孩子的玩心还重。看问题透彻清晰，温文尔雅地一语中的。辩论时却常常会脸红脖子粗地跟你掰胳膊。他博学多才，口中流淌出来的话语不用整理就是一篇杂文。

其实了解王斌的人都知道，在20世纪80年代王斌是一个先锋文学批评家。1981年，他对张承志的小说《黑骏马》的评论被刊登在《人民日报》二条位置，之后一发不可收，写下很多文学评论。那时王斌凭着艺术直觉，对并无名气的苏童、余华、格非、洪峰等人的作品进行评论。也曾经离经叛道地鄙视过民族的历史，千禧年后至今一直虔诚地寻访古老的历史，在历史的震撼中完成自我涅槃和升华。这样一个瘦削的男人，血脉里的血性和真诚，执着着心中的梦想，几经辗转，苦心孤诣，终致华丽转身，令人肃然起敬。

行文至此，突然想起国学大师王国维的一段话："古今之成大事业、大学问者，罔不经过三种之境界：'昨夜西风凋碧树。独上高楼，望尽天涯路。'此为第一境界也。'衣带渐宽终不悔，为伊消得人憔悴。'此第二境界也。'众里寻他千百度，蓦然回首，那人却在，灯火阑珊处。'此第三境界也。"这与王斌曾经的徘徊、曾经的孤独、曾经的坚守、曾经的洞见、曾经的高远，不正如出一辙么？

止笔时，知道自己依旧没有描绘出真实的王斌，但我知道他一直在路上追逐着他的梦。抬眼，窗外夜空如潭水深深，秋夜凉薄，一弯冷月，秋风摇曳……

后记：

重读这篇旧文时，正值王斌的小说改编的电影《香气》公映。原著与电影肯定有距离，价值观、人生观的差异，导致文化的差异和解读的差异，甚至会有种荒诞的感觉。于王斌，写作是通道，书写的过程就是自我认知和发现的过程，也是自我救赎与灵魂重生的过程。

只是，浮躁时代，鲜有人用心来认识文学了，那些曾经发誓文学是生命的人都纷纷改行。只有王斌，从喧嚣繁华的影视娱乐圈退回到一个人的空间享受寂寞。他注定孤独。所幸，他喜欢文字，也喜欢音乐和哲学，因此他并不孤单。

王石

作家、文艺理论家。现任中华文化促进会主席、国家行政学院兼职教授。1979年起，先后任教于解放军艺术学院、中央音乐学院、北京大学，讲授艺术构成论、艺术概论。著述有：《文艺简论》《论红楼梦的思想倾向》《鲁迅与他的小说》等。电视剧《渴望》编剧之一，创作有话剧《高山下的花环》和电影《敦煌夜谭》《在那遥远的地方》《女儿红》等。自1992年起，先后担任中华文促会常务副秘书长、秘书长、常务副主席，致力于中华文化的建设与交流。

几个单调的音符缓缓地划过，轻柔的小提琴旋律响起，钟摆机械地摆动，时光在流逝，老旧四合院里滴水的水龙头，萧瑟的冬日背景，窗前鹅黄的迎春花，希望还在。这样的镜头你是否觉得无比熟悉？

20世纪90年代初，有一部国产电视连续剧曾经火爆全国，这部创造一个时代收视神话的电视剧就是《渴望》。该剧没有把家庭伦理琐碎化，而是放在一个20世纪60年代末到80年代末社会大时代的背景下，开创性地以写实的视角，直面在社会跌宕的岁月里人们对真诚和美好的渴望，具有较高的社会学审美价值。即使20年后的今天，它的宏大叙事结构和举重若轻的手法，依旧令人惊艳。在今天重新品味，惊觉"渴望"这个词依旧有穿透时光的力量。

王石常说"文化是一种情怀"。有文化情结的王石，在《渴望》之后就远离了影视圈，他觉得自己不适应那个氛围。这对于一个有所坚持的人来说无疑是对的。那么离开了影视的王石这20多年来在做什么？

王石和他的"社会"

王石,一个为大众所熟悉的身份,就是上世纪90年代初的电视剧《渴望》剧作者之一。之后,影视界再无王石身影。

近年来,不断有人问王石有什么新作品?王石说,有,就是我所做的事。大而言之,王石其实一直在创作着自己的"作品"。作为教授的王石,他的作品是学生。作为作家的王石,他把文章剧本作为作品。而这20多年来,王石把亲手策划、亲身参与、亲力亲为的文化事业作为自己的作品。

还有人问王石:"听说你做了个什么公司?"

王石说我做了一个"社会"。是的,中华文化促进会经过20多年的发展,已经有40多个海外组织和地方组织,以及40多个专业性、行业性机构。将近100个组织和结构,上下左右俨然构成一个社会,良性的社会。有良知、有坚持、有建设。

那么,王石的这个"社会"是什么性质呢?

中华文化促进会(英文名称 Chinese Culture Promotion Society,简称文促会,英文缩写 CCPS),是一家以"弘扬中华文化,促进国际交流"为宗旨的全国性联合性社会组织。从1992年9月1日创会至今,已经走过22个年头,是中国规模最大、最具影响力的文化 NGO(非政府组织)。

22年来，据不完全统计，包括地方、海外文促会的活动在内，文促会开展各类不同文化活动总计近 2000 项，在海内外产生了重大影响，赢得了良好声誉。尤其以全面整理中华历史典籍为目标的《今注本二十四史》编撰出版工程；以弘扬传统文化为主题的"中华文化论坛"系列及发表《甲申文化宣言》；旨在促进国际交流与合作的"国际文化产业论坛"；旨在表彰世界华人文化精英的"中华文化人物"年届评选；总结展示 20 世纪百年文艺创作成就的"20 世纪华人音乐经典""摄影经典""舞蹈经典"系列活动；协力推进两岸文化产业交流的"两岸协作关系"系列合作；促进两岸文化交流的"两岸人文对话"；资助 10 个革命老根据地贫困学生就读高等院校的"山花工程"等。

而王石，就是中华文化促进会的常务副主席。有人问，常务副主席是什么身份？王石回答，常务就是"看门的、练摊的"。幽默，但贴切。20多年来中华文化促进会很多重大的事情都是由他发起并实施的，每一件事都值得大书特书。而一直以来，低调平和的王石一直拒绝着任何有关他个人的访谈。

回忆若初

与王石对面而坐，如沐春风。他说话语调不高，语速不快，可谓娓娓道来的最佳注脚。面颊上纵横的沟壑写满了岁月的故事，布满光阴的青苔，潮湿着，润泽着。与王石对话，没有压力，他是一个慈爱的长者，真实如邻家伯伯。他陷在沙发里，穿越回那些年曾经过的"峥嵘岁月"……

王石：当年我在参与完《渴望》创作之后，就选择了远离影视，算是远离江湖。之所以远离，是因为我觉得不适应。不适应的原因，是那种事情必须服从领导、服从老板的感觉，那是很痛苦的。

贺疆：如果一个人的意志一再被篡改，对于一个有所坚持的人的确痛苦。

王石讲述"我们的故事"

王石：是。

贺疆：转眼 20 年了，而一个公益性非营利的社会组织，以其执着和严谨，以其大格局大胸襟，成为一个文化品质的象征。

王石：也许与我个人经历有关，与我们社会组织的经历有关。文化不能成为一个借口。我左右不了太多事情，但我希望有一个好的品质。王蒙不赞成文化是软实力的说法，也不赞成用文化来竞争什么，他认为文化是一种品质，哪怕是再小的事。

贺疆：文化存在于日常生活中，当文化成为一个生活常态时，社会才是一个非常发达、文明，非常进步的社会。

王石：从这个观点看，我们这个社会品质还很落后。小到一个信封，大到一个城市，我们的社会距离文化品质还很遥远。在社会上有一类人一直在努力做一些文化的事情，竭尽所能。作为体制外的民间组织，我们着眼于社会文化品质的提升。

贺疆：匹夫有责，而这任重道远。

王石：是的，这个任务是望不到边的。比一比发达国家，有时你会失望。

王石是文促会第一届理事会常务理事，常务副秘书长。实际上那时候的王石好比一个光杆司令，文促会成员级别很高，名头很大，但平时很难找到。驻会办事人员只有五六个，那时的王石身兼数职，事无巨细亲力亲为。更难为的是那时的文促会没有财政拨款，手头只有3万元创会费，地地道道一个无米下锅的"巧妇"，他就拉下面子四处化缘。那时的王石，恨不能三头六臂百变金刚。然而他走过来了，把文促会做得风生水起，最重要的是文促会一直坚守着自己的品质和原则，没有花过国家一分钱，依然是民间社会组织。

与王石对话，开始还对答几句，当回忆包围了他，我只需要倾听，跟着他的思绪一起经历那曾经的岁月，那曾经的惊心动魄，一起微笑一起忧戚……

史家注释

王石自述：《今注本二十四史》是我拍板要做的，当初只为一个单纯的热望，让后人阅读时更加直接方便。作为正史，二十四史虽然被称为"相斫书"，但其中也保留了大量官方典章制度，而且可信度比较高。二十四史中，前四史有残缺古人注，后二十史有史无注，研究成果散见各处，与文本脱离。过去是在传说线索基础上追溯远古历史，现在随着中国当前的史前考古大发展，更多更具体的史实比传说更有说服力。当以出土文物为主，传说成为参考和参照，以注释的方式，把考古研究的成果

王石副主席向《今注本二十四史》副总编纂、著名历史学家何兹全先生请教

和历代学者的研究成果放在一起，让今人知晓和阅读。

　　20年间，两位总编纂张政烺先生、何兹全先生已经仙逝。24个编写组，24位主编，其中13位主编先后去世，而整套书也只出版了四部。天津大学主编《隋书》的一位主编，在书印刷过程中离世，编纂完的手稿还整整齐齐地放在桌子上……（说到这里，王石沉默了一会儿。然后慢慢地说，社会组织做文化，要有更多的文化良知和超越精神，是文化理想与自愿坚守，是非功利的。）

　　习近平总书记在十八大之后多次讲到中华文化，以及文化自信等问题。我就一直在想，中华文化的自信与中国要走的文化道路从哪里来，我想应该从自己的历史中来。已故的考古人类学专家张光直认为，中国有二十四史，上下五千年历史不间断地记录，这在世界上是绝无仅有的，也是非常了不起的。但是非常遗憾的是，我们却没有从中归纳出有人类意义的思想和规律性的东西。中国的现代史学是跟着西方走的，无论是学术框架、历史分区以及历史视角，这无疑是最大的遗憾。

贺疆旁白：二十四史在"今注本"之前曾有过两次整理。1930年，商务印书馆从各种版本的二十四史中择优而取，凑了一个《百衲本二十四史》。新中国成立后，出版了一套"中华书局本"，史学界也称之为"校点本"。而《今注本二十四史》以史家注释来重新书写，是前无古人后无来者的做法。全书预计约 600 册，12 亿字，工程之浩瀚艰巨可想而知。二十四史三次整理，以这一次规模最为宏大，而且是"民修"而非"官修"，作为盛大的修史工程，对中华传统文化无疑意义尤为重大。

何兹全先生生前认为第三次修史的最大特征是"民修"而不是"官修"，这在中国历史纂修上是一个里程碑。然而对于王石而言，最大的困难恰恰也是民修，至今依然。王石认为，二十四史是基础而又基础的工作，如果连最基础的文本都没有，其他文化研究又从何谈起呢。

从来，做史是最难的，耗时耗力不算，更需要一份文化良知和社会良知。那是1996年，参与"今注本"工作的人员连续8个月没有领到一分工资（每人每月600元工资）。按照合同，三校后付给作者稿酬。那时王石没有钱兑付，就把合同改为四校付酬，然后又改成五校付酬。依旧是没钱。王石请大家起诉他。学者们说，起诉有啥用，大家都是一条船上的。王石说，起诉能引起社会关注，说不定哪个有钱人会捐一笔钱，问题就解决了。学者们还是不起诉。最后王石的两位朋友黄丕通、刘国平帮助出钱，算是维持了"今注本"的工作。尽管如此，《今注本二十四史》的质量从未降低，并在注释之外又对现行版本中的人名、地名、时间进行了勘误。

华人盛典

王石自述：1992 年年底，我们筹办的 20 世纪华人音乐经典盛大开幕。20 世纪、华人，这是什么概念？把百年来的音乐经典评选出来，然后邀集全世界最杰出的音乐家去演绎出来。而实施它的只是七八个人而已。回忆起那段时光，我们七八个人夜以继日、日以继夜地忙碌，内心充满激情。活动期间的酒店成为全世界华人音乐家聚集的中心。几代音乐家、海内外音乐家、歌唱家、演奏家、作曲家、交响乐团、合唱团，聚集一堂，大家高兴极了，开心极了，多好啊。

台湾歌曲《梅花》入选，是因为它的确是一首歌颂中国精神而深入人心的歌曲。大陆的《黄河大合唱》和《长征组歌》台湾也接受，只因为它确确实实是好作品。那时候，氛围非常融洽，我们都觉得那是我们中华民族的文化，它是不带任何色彩的。

我们在台湾的音乐厅演出时，广场很大，很多人不能进场聆听，就坐在广场上看大屏幕。演出结束，当我们走出音乐厅，有人问我能否给广场上的听众演奏一点点。于是我们的演出团临时在广场上又演奏了部分曲目。其中包括《保卫黄河》，严良堃指挥，听众听得热泪盈眶。台湾的报纸上这样写道："保卫黄河的歌声响彻台北夜空"。

贺疆旁白："20 世纪华人音乐经典"是文促会首次面向华人世界发声，对传统音乐的回归和复兴起到了极大的促进作用，是20 世纪音乐经典的一次总结。更重要的是"20 世纪华人音乐经典"的意义在于营造了一个华

20 世纪华人音乐经典系列音乐会

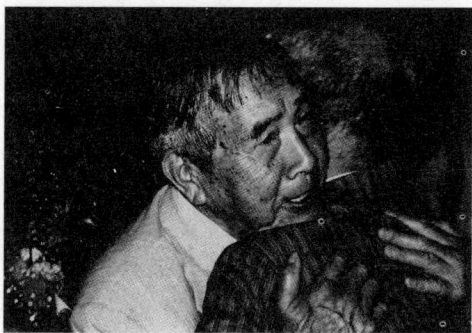

20 世纪华人音乐经典活动上，久违半个世纪的音乐家廖辅初、张昊（台）相拥在一起

《黄河大合唱》，领唱傅海静，指挥严良堃

人世界的文化概念和文化氛围，构建了一个文化中国的概念，它不仅仅包括大陆，也包括了全世界中华儿女的文化理念，开启了一个宏大的文化空间。

"20世纪华人音乐经典"评选出20世纪100年里中国的优秀音乐作品共147部，从李叔同、赵元任到叶小纲、谭盾……之后在香港、曼谷等地举行了30多场巡演，参与的华人音乐家达3000多人。记得当时王石说着说着，眼角渗出泪水，说："那时候我觉得这个空间是海内外的，参与者是全世界的华人，没有任何色彩，只有一个共同的中华民族。"让我的眼睛一热。

能不感动吗？

一场盛典，只是源于一个偶然的契机。那是1992年6月，王石到沈阳出差，火车车厢里响起李劫夫1962年创作的歌曲《我们走在大路上》。王石感慨万千，夜不成寐，就趴在硬卧上把"20世纪华人音乐经典"的构思写在烟盒纸上。王石说，当时激动极了，夜不成寐的，怕纸片丢了，又想要能实现了该多好啊。

9·9两岸同歌

王石自述：2005年是抗战胜利60周年。中国抗战要有自己的胜利日，抗战不是共产党的事，也不是国民党的事，是中华民族的胜利，而且要与台湾同胞一起纪念抗战胜利。这是一个向往。我们想要是能实现该多激动啊！这也应该是两岸人的共同愿望。1945年8月15日是日本天皇向全世界投降，9月9日日本向中国人投降。当时在南京，冈村宁次在投降书上签字，受降的是国民政府的何应钦，受降仪式的礼堂还在。

但是当时也悬着一颗心的。就在活动开始前一周，胡锦涛在纪念中国人民抗日战争暨世界反法西斯战争胜利60周年大会上指出：中国国民党领导的和中国共产党领导的抗日军队，分别担负着抗日战争中正面战场和敌后

两岸纪念抗战胜利 60 周年，向守志将军和许历农上将

2005 年 9 月 9 日，文促会与民进中央、南京市人民政府邀集两岸抗日军人举行纪念抗战胜利 60 周年活动

战场的作战任务，形成了共同抗击日本侵略者的战略态势。抗战胜利是中华民族的胜利。中央的基调定下了，当时我就觉得好像一下子轻松了许多。

9 月 9 日 9 点活动正式开幕。200 多位两岸抗战老兵齐聚南京。中国国民党代表张荣恭带来了日本降书复印件，赠给中国国家博物馆。国家博物馆馆长潘震宙则回赠了国民政府委派董必武出席联合国成立大会的委派状复印件。向守志将军手书"弘扬抗战精神 实现中华振兴"的条幅赠给了国民党上将许历农。许将军说："我们一起抗过日，我们也打过内战，但是今后中国人再也不能打中国人，我们的孩子们也不打了！"多好啊！多感人啊！

两岸人一起走进南京大屠杀纪念馆，敲响钟声的时候，广场上飘着大陆合唱团和台湾合唱团合唱的歌声"五月的鲜花……"。

贺疆旁白："9·9 两岸同歌"是文促会再度发出的自己的声音。现在回头看，王石提出的"中国抗战的胜利不能看成任何一个政党和军队的胜利，而是中华民族的胜利"，这是符合历史和事实的，这种历史的视角和历史的高度，也注定了"9·9 两岸同歌"的历史地位。

和平与美好，从来是两岸人共同的愿望，活动的结局远远超出了最初的设想。犹记得身陷回忆中的王石，轻声地哼唱着"五月的鲜花，开遍了原野……"。

甲申文化宣言

王石自述：2004 年，我们举办了"中华文化论坛"。筹备会议期间我用了半年时间写了一篇千字文《甲申文化宣言》。王蒙、许嘉璐、汤一介和刘梦溪等都做了个别词句上的修改。宣言在肯定文化多元性，接受的层次性，以及承认文化的文明价值等做出了陈述。这次文化论坛，是真正的华人世界里文化界、学术界、科学界和文艺界精英的一次盛会。与会专家70 多人，是一个很大的文化事件。不能到场的写好了稿子寄来。

十七大之后，许嘉璐先生说，十七大报告第一次在专门章节中写到"弘扬中华文化"，这在从前是没有的，第一次在党的文件里提到"精神家园"之类的词汇，这类提法和词汇应该来源于《甲申文化宣言》。

贺疆旁白：中华文化何以自处，一直是王石的一个心结。《甲申文化宣言》只是一篇千字短文，他却历时半年之久，可谓字斟句酌。两三年后依旧有人在报纸上撰文评论。10 年后的今天，也就是在 2014 年，杜维明先生（北京大学高等人文研究院院长）在回顾时提到《甲申文化宣言》是一个重要的文本。借用当时季羡林的贺信中所说的一句话："这是'五四运动'后中国知识界的一次集体表达，是一件具有划时代道义的事情！"

2004 文化高峰论坛上，与会代表在《甲申文化宣言》上签字

王石副主席在"中华文化论坛之楼观问道"致辞

王石（左）与饶宗颐先生（右）在香港会面

　　掌舵文促会22年，王石一直致力于中华文化的弘扬和建设。比如，"两岸人文对话"，都是王石构思、发起、组织和实施起来的。而这完全出于自发自觉的主动选择，做什么，怎么做。往往是有了创意，内心就很激动，就想要是能实现该多好啊。于是一个个创意在他心中发芽，在他手中开花，芳香四溢。回忆这些事，王石感慨："有时候很失望很绝望，有时候又充满希望，回想起来很幸福。"

　　在很多有文化理想的人内心里，对文化有种热望，这种热望需要有个东西来凝结在一起的。

一份热望

　　22年，一路走来，时间跨越了一切鸿沟。

　　两岸人文对话、中华文化人物、山花工程……一桩桩一件件，从构思、发起、组织和实施，都是王石自己主动的选择、努力和践行。他是把千斤重担扛在了肩上，有着文化的自省和自觉。时光荏苒，那些一茬茬盛开的

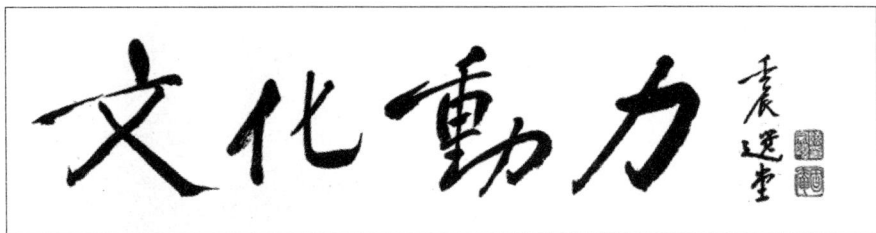

饶宗颐先生为文促会题词

鲜花和成熟的果实，都化作他那平淡不能再平淡的诉说。而每一个事件背后却是那般不同寻常，那般撼人心魄。一个公益性非营利的社会组织，以其执着和严谨，以其大格局大胸襟，成为一个文化品质的象征。而兀兀穷年的背后是一大批有文化理想的"王石"们，心怀一份热望在努力着。

就在与王石对话后不久，王石在一次公益课堂上开讲《称谓与思想》，"中华""中国""华夏"，这些特定称谓所包含的特定思想和历史意义。典章史据信手拈来，依旧温和亲切，依旧娓娓道来，而整个会场却激荡着一股浩然之气。

不久前，王石在河南讲到中华文化时，他提出两个观点。第一，没有反思就没有进步。百年来，中华传统文化的地位从全部颠覆到推崇备至，这种天翻地覆的变化不应该缺失说明和反思。第二，就是当一个民族在肯定和弘扬本民族文化时，应该是自尊而不是自大，是自立而不是自外。因为，人类文化的基本价值观是共同的，共同点大于不同点。

听别人的故事，一如看自己。韶华逝水，宏大的时代主题下，那些曾经的无奈和人性中闪光的东西，总能令人一再回味，总能在某些契机上醍醐灌顶。

王石说："虽不能至，心向往之！"

王守常

1948 年 8 月出生于北京。1973—1976
年就读北京大学哲学系，毕业后并留校任
教。北京大学哲学系、宗教系教授，北大
中国哲学与文化研究所副所长，中国文化
书院院长，中国文化书院院务委员会副主
席。《学人》杂志主编。东方文化丛书中
国文化编主编。国际儒学联合会副秘书长。
中国国际教育交流协会常务理事。

学庠深处一古园，
贝子治学听雨籣。
挥毫泼墨一禾人，
谁言书中无情缘。

这是我跟王守常老师合作的一首诗。
初春的一个午后，几巡茶过，王老师
起了书写的兴致，我信手写了一首诗，
但是最后一句怎么都不押韵，其弟子
说我堪不破，我讪讪而笑。王老师悬
腕良久，落墨点化可谓神来之笔，治
学处世之道呼之欲出。

出世入世

——由北大王守常说开去

每个学子都有一个北大梦，我也不例外。记得大学毕业那年来京旅游，专程跑到北大门口拍了张照片，害得大队人马就为等我一人。我认真地说，此生不能圆北大梦，哪怕留张影也是一种慰藉。怒气冲冲的领队马上态度缓和下来。

来京后，关于北大的信息从未间断过，林林总总、褒贬不一。于我只是云淡风轻的一笑。但奇怪的是一直没有踏进过北大大门一步。也许北大一直是我心中的一个梦，有意无意地回避着，从不轻易去触碰，颇有近乡情怯的况味。

红尘之外 繁华落尽

初春一日，偕同朋友来到北大一个古色古香的院落，旁边号称"中国脊"的奥运乒乓球馆，像一只振翅欲飞的大鸟。前面高大的现代建筑物，威压着这小小低矮的院落，因而显得愈发逼仄而寥落。治贝子园，这座清代园林建筑，险遭毁灭的命运，是季羡林、侯仁之、张岱年、吴良镛、王守常等北大一批文化耆宿、专家联名呼吁才幸存下来，才有了现在的格局。庆幸之余，不由感叹，有多少历史文化和文物在现代化建设中被荼毒，纵使复原或仿建，都无法弥补历史的失真、缺憾和损失。就北大而言，掩映在杂草灌木之间的朗润园和镜春园那一栋栋破败房屋和荒废院

治贝子园

落，鸣鹤园唯余的一块小小石碑额、一弯窄窄石桥，曾经的朗月风清的浅吟低唱，都成为沧海桑田的注脚，在今天时时考量着我们的文化与历史的抉择与取舍。心中莫名地叹口气。

治贝子园门口是老子的塑像，据说是哲学系的校友们送给母校的百年贺礼。虽然觉得这种景观有些人为和斧凿的牵强，但是不忘国学与文脉总是一件令人欣慰的事儿。

古朴的院门，古铜把手，别致的风情，颇能勾起怀旧情绪。两侧挂着两块牌子，一块写着"治贝子园"，另一块写着"中国哲学暨文化研究所"。拾阶而上，推开虚掩的门，"咯吱"宛若跌入另一个世界，雕廊飞檐、赭红花窗，似乎有微微的风清凌凌拂面而过，浑然忘我。一扇门就隔开了滔滔尘寰。院子里的玉兰树和满地萋萋芳草，竟有着隔世的静寂清冷。放慢脚步，放慢呼吸，仿佛听见红豆馆主吟风弄月，鼓琴而歌。

东厢房门敞开着，一位老者在慢声细气地打着电话，大大的长木条几，背后是大大的盛满佛学、哲学的书架和大大的画案。王守常坐在案几尽头，白发，寿眉，人比照片清癯，并没有刚从外地归来的疲惫之态。

点茶，闲谈，与王守常对话，你的语调会不自觉地低下来，你的语速会不自觉地慢下来。曾经看过王守常的一些讲课资料，同一个幸福的命题，年年讲稿都不同，我问："何以？"王守常指着他的弟子说："因为有他们坐在下面听。"其实，感悟是因时因地因境不同而有差异的，也因人不同而颖悟不同，否则不会有拂拭明镜尘埃与本无一物的高下之分了。

说到佛禅，王守常讲到一个故事："曾经一个得道高僧一直纠结：'放不下，放不下。'我随口说：'放不下就举起来。'高僧抚额兴奋：'悟了，悟了。'"王守常看了我一眼说："我都不知道禅机何在，都参不透，搞不懂，他却参悟透了。"他这样说，实则他清楚地明了，一花一世界，一叶一菩提。点化的愿力只在于拈花一笑的从容与淡定。他是智者。

茶毕，起座，铺宣，落墨，他写下一个字"和"，送给一个苦修金刚经的朋友。他的弟子说他有一字识人之能，遗憾的是因为我们开始纠结我那首不成器的诗而没有看到他的那个字，也许他知道。

治贝子园院子中间有一个莲花盆，先生告诉我是圆明园旧物，我问："怎么不养鱼？"先生淡淡说："那还不晒死？"我不知深浅地追加一句："种上荷花遮阴不就晒不着了。"先生默然一笑。现在想来，颇有玄机在。

博雅未名 一念三千

治贝子园门匾额上季羡林题写的"治贝子园"四个字依旧苍劲，门侧的老子像依然慈眉善目，庭院廊壁上镌刻着王守常撰写的《治贝子园重修记》：

有清以降，皇室名臣纷置庭园于燕园西郊。治贝子园为宗室贝子载治之别业。光绪中叶，其子溥侗继有此园，因酷爱京剧，别号红豆馆。迨入民国，是园为燕京大学购得，易名农园。星移斗转，昔日临湖晓山，嘉木庭林，抱厦游廊，半已倾圮，半已夷平，唯后殿数间，东西回廊尚残存矣！名园盛衰，能不感慨系之乎！陈鼓应教授雅好博古，钟情是园，奔走呼吁，其友人雷永泰校长，陈金发董事长，嘤气教庠，慷慨相助，重修残园，遂得今日之辉光。乐斯园之延寿兮，享嘉义而文昌，乃作此记以铭。

北大哲学系、中国哲学暨文化研究所撰
1996年4月2日

走出院落，王守常要赴一个茶事之约，挥手作别，健步如飞而去。想起他数次独自驾车远赴西藏，看到过他一张在高原雪山上光着膀子的照片，

2002 年，王守常在青藏路上

很酷。

漫步在燕园，熙攘的人流和川流不息的车辆，四处悬挂的红条幅，层层叠叠写着各种讲座的通知。不时有参观的人流，眼前古旧的小楼，残破的后窗，爬山虎掩遮的青灰色墙壁，不知怎么会觉得像哲人的脑子，同行的朋友说这里是哲学系。穿过油漆剥落的老门，院子里安静清幽，悄无一人，槐树散发着幽幽的清气，不知道哲学系是怎样上课的，同学们是否会经常坐在回廊或草地树荫下，三三两两地探讨一些深奥的命题呢?

未名湖水静静地泛着细细的波纹，远处的博雅塔静静地倒映在湖水中。由三两个不规则小湖串珠般形成的未名湖，在树木掩映中含蓄地灵动着，而博雅塔款款端庄地静立湖岸，塔影湖光在潋滟中恬静幽邃起来，古典清雅沉静的气质在微风中幽幽拂动，令尘世的浮躁刹那温和起来。博雅未名的人文内涵在岁月风雨洗礼下凝聚成一种内敛温和的气场。

博雅:《学记》曰:"不学博依，不能安诗。"博依注作譬喻解。此诗之所以重比兴也。韦正己曰:"歌不曼其声则少情，舞不长其袖则少态。"此诗之所以贵情韵也。对于为人来说就是，"博我以文，约我以礼"。

博雅教育:"博雅"的拉丁文原意是"适合自由人"，在古希腊，所谓的自由人指的是社会及政治上的精英。古希腊倡导博雅教育 (Liberal Education)，旨在培养具有广博知识和优雅气质的人，让学生摆脱庸俗、唤醒卓异。其所成就的，不是没有灵魂的专门家，而是一个有文化的人，一个拥有健康人性的人。

哈佛大学杜维明教授考察了中国大陆、台湾、香港和美国的博雅教育后时这样总结道:博雅教育应在传授专业知识的同时，注重通识教育，提供人文训练，培养人文素质。

博雅塔其实是以捐建者名字命名的，而未名湖更是久未定名而得名，却又在冥冥中，因为湖畔塔影中散步沉思的大师们扬名天下。想来，是大师们的思想珍珠涵养熏陶了这湖光塔影，而使其有了独特的人文与自然的和谐的尊重和懂得，并成为北大的灵魂所在。据说，博雅塔的灯会在新生入学和重大庆典时燃亮，那盏灯在人们心中的投影，是一种文化气息和人文涵养。

"校有博雅，塔有精魂"，博和雅就是北大的精魂，而未名湖的清澈恬淡、淡泊名利的风度，凝聚成北大气质。很多时候，真正的景致之美在于内敛的白山黑水的幽深和气。不由想起那副上联："博雅塔前人博雅"，有好事者对之："未名湖畔吾未名。"内在一份警醒，与湖光塔影相映，亦不失之于灵韵诗意。

湖中的石舫基座和栩栩如生的翻尾石鱼，诉说着栉风沐雨的岁月和沧桑的历史。六角亭里的铜钟在年末岁初的钟声里，悠扬着北大的风气。北大图书馆，这个亚洲顶级学术殿堂，孕育了无数杰出学者，从这里走出来的陈独秀、蔡元培、胡适、李大钊、闻一多等书写了一部沉甸甸的中国近代史。那些沧桑古树、斑驳的砖瓦、粼粼的水波都有他们的呼吸和心跳。正是这一代代北大人的魂魄，沉淀了博大深厚的北大人文内涵。

记得北大曾经流行的一首诗："未名湖是个海洋，诗人都藏在水底。灵魂们都是一条鱼，也会从水面跃起。"

红尘之内 雾月风荷

"红楼飞雪，一时英杰，先哲曾书写，爱国进步民主科学。忆昔长别，阳关千叠，狂歌曾竟夜，收拾山河待百年约。我们来自江南塞北，情系着城镇乡野；我们走向海角天涯，指点着三山五岳。我们今天东风桃李，用青春完成作业；我们明天巨木成林，让中华震惊世界。燕园情，千千结，问少年心事，眼底未名水，胸中黄河月。"

这是北大老校歌《燕园情》。歌词唱出了北大的精神。1931 年，蒋梦麟校长发表《北大之精神》一文，提出"兼容并包，思想自由"时，说："'海纳百川，有容乃大'，无论是搞学术研究还是待人处世，北大人都应该有博大的胸怀；同时，我们也需正确、全面地看待北大和北大人，既不能以整体掩盖局部，也不能因枝节而否定主流。对此我们有足够的自信：北大应该是'神圣的理性殿堂，人文的精神圣地'。"

北大的空气也是养人的，北大的气质在低调中流转，不动声色地熏染着这里的每一个学子。孟子"居移气，养移体"在燕园最能凸显。无须华美修饰的古朴大气端凝成一种不可逾越的恢宏，又在浩渺深邃中诠释出虚怀若谷的心怀，这形成了北大的谦逊气质和文化氛围，孕育了马寅初、冰心、吴文藻、季羡林……一代又一代，层出不穷。

在燕园里穿行，人流如潮退去，看见朱自清笔下的月下荷塘，看见季老朗润园里的"季荷"。那来自洪泽湖的古莲子，沉养了几年，一夜间铺满了朗润园的水面，浓浓的红色，层层铺叠的荷叶，宛若江南。而今，垂柳斜风中掩映的老屋，是否还有他消瘦的背影如水洞明，在朗月疏星的风清之夜在季荷池边坐一坐，听风过荷池、莲瓣开绽、露珠滴落。

归去不久，朋友电话告诉我，他参加了王守常老师的国学班。一个商人，一面之缘就投身门下，是什么力量所使？

想起季羡林先生生前曾说，所谓国学，就是中国的学问。从佛典语言到佛教史、印度史，从中国文化与东方文化到比较文学与民间文学，从唐史、梵文的翻译到散文、序跋以及其他文学作品的创作，他无一不精深涉猎。季老生前一直强调，中国古代的智慧结晶就是"天人合一"的观点，以自然为本，以人为本，他认为"天人合一"所反映的"和为贵"思想是中国文化的精髓，是不同国家、不同地区、不同种族所面临的诸如全球气候变暖、资源愈加枯竭、战乱不断等许多问题的解决之道。

张岱年（左三）、王守常（左一）等在治贝子园前

季老走了，他创立的中国文化书院还在，王守常们接过了季老的担子，担当起文化传承和弘扬的重任。治贝子园依旧屹立，中国传统文化历久弥新，人类文明发展至今，中国传统文化中的普世价值被重新认识和估量。在全球文化景观中，儒释道在现代经济中具有了无法估量的现实意义。在世界文明史的进程中，中华民族是少有的保有本民族文化不间断的民族，这就是中华传统文化中所蕴含的生机和力量。而国学重新解读老子和孔子的哲学思想，在传承传统文化中，自有其智慧圆融之气。

书院以培养从事中国传统文化、哲学、历史、文学等研究的中外青年学者为主要目标，使他们通过书院所组织的各种教学与研究活动，加深对中国文化的理解和内在的感受能力；同时，在熟悉中国文献的基础上，较为系统地掌握中国传统文化发展、演变的脉络及其精神内涵。自成立以来，书院遵循百家争鸣的原则，围绕中国传统文化这一主题，开展过多种研讨和教学活动，进行学术交流。

王守常说希望国学能带来一丝清新空气。为此，他勤谨治学，沿袭古代书院教育的方式，秉承师生之间共同切磋、教学相长、因材施教的传统，开展师生间的对话。而作为师长，也是楷模，德艺双馨。《大学》说："大学之道，在明明德，在亲民，在止于至善。"于是他总是飞来飞去，架构一个以中国传统文化为载体，佛家、道家、儒家合为一体，传达养心观念，使学子在静心之境中开悟人生价值，完成自我人格的培养。

书院教育从来是一个知识分子读书、教书、著书的地方；是文化积累、研究、创造和传播的场所；是高级形态的研究和教育机构。它传播学术思想，普及礼乐教化，成为民间知识精英思想新创的集结地，在历史某个特定时刻，引领文化思潮。岳麓书院就是典型代表。而今天的中国文化书院，更是崇古重今，持开放的思想和胸襟，推动中国文化发展。记得国学大师南怀瑾曾就国学说过："什么叫国学？如果说中国文化就是孔子、孟子、儒家，完全错了。中国文化诸子百家那么多啊！孔孟之道代表个人修养是可以，完全代表中国文化是不可以的。"南怀瑾先生的这番言论与中国文化书院一直所坚持的思想恰好不谋而合。

结束语：

日子在书卷笔墨中流失，总在静默中走神，眼前浮动着博雅塔、未名湖的影子，伟岸与隽秀相辅相成，刚与柔相济，沉稳与空灵相合，阴阳珠联璧合丝丝入扣。突然觉得未名湖像一方端砚，博雅塔似如椽巨笔，北大像一位饱经风霜的老人，静观悠悠岁月的云卷云舒风起雨落，饱蘸如墨的湖水，一笔笔书写着北大不老的传说。何谓"大象无形""大音希声"，如斯而是。

曾与王守常老师通话，但是一次次提笔，又一次次搁置，只因不知道该如何准确表达自己对北大的感觉，总是冥想在月夜，端坐湖畔，闭目听湖水与鱼儿的对话，听大师低诵吟哦。当我重新执笔时，已是立秋时节，想来未名湖里早已开满莲荷，不知季荷是否在光影里独向斜阳？一场雨过，日子就在垂眉敛眼间飘然入秋，总想在雨中静坐湖畔，听残荷雨声，看寒塘鹤影，任棋子不落，茶水冷透。只轻轻一嗅清冷冷的空气，就醉了。

拿起电话，电话线那端响起王守常老师温和从容的声音，似乎看见他伏案书就一个"和"字，长长一笔，朴朴素素从从容容地飘逸而出……

隔浦莲

吴樯秋雨初霁，霞染绮罗衣。
云鬓点新霜，乡愁点点凉生。
水棹舟遥渡，是故土。斜阳烟树，儿时嬉。

梦里执手，小阁长对秋空。
知音难觅，恰似孤云寂寂。
回首长安漫漫路，谁许，西风壮心万里！

——贺疆

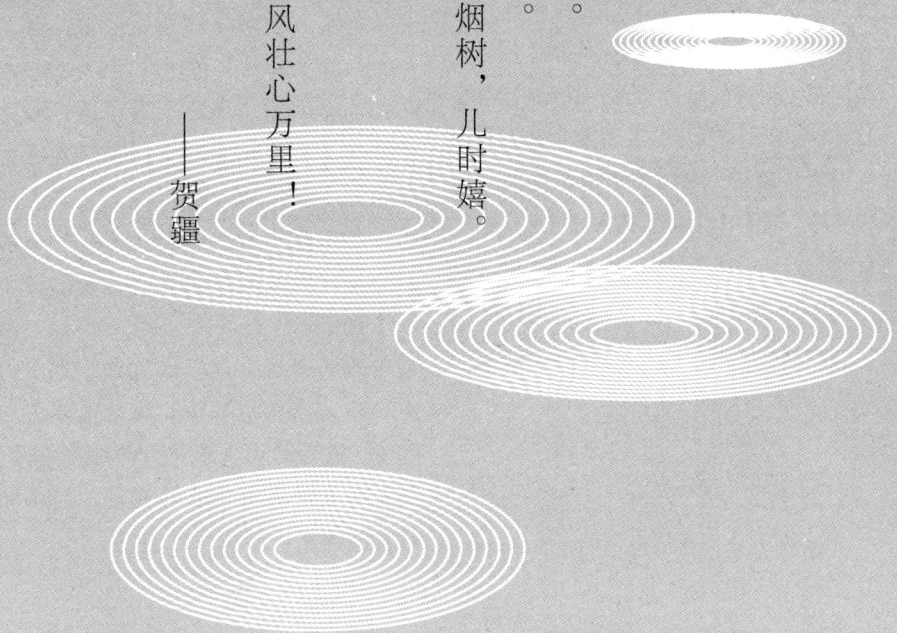

高名潞

1949 年生于天津，中国最著名的艺术批评家及策展人。美国哈佛大学博士，现为美国匹兹堡大学艺术史及建筑史系教授，天津美术学院特聘教授。1978 年在天津美院学习研究艺术史。1982 年考入中国艺术研究院研究生部，获硕士学位。1984 年至 1989 年在《美术》杂志社担任编辑，参与《中国美术报》的部分编辑工作。著有《中国当代美术史 1985—1986》。

在艺术界，高名潞这个名字是一座丰碑。这三个字总是与中国现代美术紧密相连。查字典，潞是水名。不由臆想，高名潞的名字是否是家人对他的一种期许呢？希望高姓大名如滔滔江水。Maybe！冥冥中已经安排好，高名潞的名字注定是一道风景。眼前的高名潞，厚厚的眼镜片后面是睿智的眼神，苍苍的白发是岁月的沧桑染就，朴素的衣着有着学者的风范，沉思默想时的状态有着安定的力量。

长河之名
——线描高名潞

昨日重现

说到高名潞，我们不得不从 20 世纪 80 年代说起——

20 世纪改革开放伊始的中国美术，如果用一幅长卷形容的话，高名潞是那一幅画中线条勾勒最清晰的一处风景。而今，缓缓打开这幅历史长卷，高名潞的身影穿梭飘忽其间，须臾不曾稍离视线。

20 年前的记忆重拾，高名潞神情有些许迷离和恍惚，曾经的一幕幕如黑白的默片在缓缓放映，一切依旧清晰如昨。20 世纪，改革开放后，中国研究院古代艺术研究生毕业的高名潞，在北京天津两地奔波，系统地研究了乡土油画、伤痕美术、在野艺术等中国当代艺术，完成了《近年油画发展的流派》等一系列论文。

20 世纪 80 年代初期，改革春风吹遍大地，也吹醒了美术界，全国各地的艺术团体如雨后春笋。作为《美术》杂志和《中国美术报》的编辑的高名潞积极推介这些艺术团体，并最终促成了 1986 年 4 月初全国油画研讨会的召开。在高名潞眼中，当时的美术跟历史、哲学、文学联系在一起，反映了整个 80 年代知识分子的心理、思想和生态，是表达哲学思想、人生观、激情与野性的一种话语形式，充满理想和激情，是中国当代艺术发

珠海会议（从左到右，晨朋、李山、陈葳葳、费大为、高名潞、朱青生、刘骁纯、彭德）

展进程中的辉煌一页。高名潞敏锐地意识到有必要举办一个真正的现代艺术展，把地方艺术团体推到人们前面去。

作为展览总负责人的高名潞，回忆当年经历，宛如梦中，偶尔会有一丝激动。虽然时过境迁，曾经一切已经随风而逝，但是那筹备展览的艰辛和开展后的惊心动魄，以及此后经年的面壁而思，毕竟是不能忘怀的经历，且与自己后半生命运息息相关。但是尽管那次大展被后人赋予各种意义，都不是他的本意和初衷。洽谈期间的艰辛、一再斡旋和妥协协调的耗心耗力也只有一手操办的高名潞自己最清楚，然而他从来没有对自己的功劳过多地谈及。

据高名潞回忆，开展四个月时间，他一直在为落实经费而四处奔波。就在开展前不久，高名潞还奔波在去东北筹钱的路上。在筹钱无果的归途中，高名潞意外地借到五万元，加上天津文联主席冯骥才提供的两万，以

1989 年中国美术馆，中国现代艺术展开幕式

及每个参展的艺术家提交的参展费一百元，再加上他们自己凑的一些钱，展览终于得以如期举办。然而高名潞却有一种莫名的落寞感。展览之后，高名潞面壁两年，再之后，他应美国研究院邀请访问学习，之后十年时间，几乎销声匿迹。他说："我要是让自己'面壁'的话，就做得彻底。"当时的语境于高名潞而言，多多少少有点悲情色彩，后来他曾说过一句话"本来，对于当代艺术家而言，批评的承认，而非商业利益，始终是唯一的报偿"。这从侧面也反映了他那个时代为艺术奔忙的心理动因。

之后，中国当代艺术开始了新的书写。

长吟式微

"式微，式微，胡不归？微君之故，胡为乎中露！"

一句《诗经·式微》，恰似炊烟袅袅苍茫暮色里那一声声呼唤。"天渐渐黑了，为什么不回去呢？若非游离，怎会身披露水之苦！"不知怎么回事，在了解了高名潞的过去之后，我脑海里最直接的反应就是出现了这句设问与自答式的诗句。

天津是曲艺之乡，在一口天津味道的曲艺里，你能感受到那笑声背后的特有的沉静、透彻和感染力。高名潞是天津人，父亲高志皋书法精妙，好文学诗词与话剧，新中国成立前曾在南开大学任教。高父一生活得纯粹而书生意气，这种文人的仁义、刚正、单纯和理想化潜移默化地影响着高名潞。高名潞最初的理想是要在文学和历史上有所建树，这也是父亲最直接的影响。

这个与共和国同龄的人，回忆起数十年前的事情，他总是深深沦陷，那些往事从来都紧紧攥紧他的心口，从未须臾稍离。"文革"时，高名潞到内蒙古插队，放牛之余，拉拉小提琴，给牧民画画像，或者幕天席地地看看书，无外乎历史和文学。这充满诗情画意的场景一直深深刻在高名潞的记忆深处。而这悠闲的背后实际是时时与自然的生死博弈。在这生死之间游走的经历塑造了高名潞宠辱不惊的性格。

回忆年轻的时光，高名潞脸上现出一抹温情和向往，嘴角挂着淡淡的笑容，那些曾经的灾难而今回忆起来都是美好的记忆，一颗感恩的心感受的都是生活的魅力。下乡五年时间，遇到两次内蒙古的大雪灾，大批牛羊被冻死。在自然灾害面前，高名潞第一次感受到人的渺小、脆弱与无奈。那种沉默淡定、从容镇定对他以后的人生起到了巨大的作用。高名潞始终有一个信念：在这世间唯一可以信任的、唯一可以把握的只有自己。

命运就这样改写着，历史就这样书写着。1981 年，高名潞考上中国艺术研究院研究生，就这样踏上了艺术人生征途。赴美留学后近 10 年的时间，高名潞对当代艺术一如既往地关注，只不过他回归到对艺术批评方法论的研究中去了。

哈佛读书的日子，对高名潞影响很大，收获也颇丰。那时高名潞系统地研究了西方现代艺术理论以及方法论。那段读书时光，高名潞印象最深刻的是一个月看30本书，一周四门课，看完书后大家座谈，交流彼此的心得和体会。那种信息的交流和反馈无疑是一笔丰厚的知识积累和源源不断的财富源泉。哈佛时光，凌晨三点前从来没有休息过的高名潞，一天早晨迷迷蒙蒙地撞在墙上，从此他的右眼始终蒙着一张蜘蛛网状的碎片。高名潞笑着说："没办法，不要那个网就只能戴个眼罩当独眼龙。"笑得云淡风轻，听来却有些心酸。

回顾自己走过的艺术批评之路，高名潞觉得当代中国艺术批评缺乏历史宏观的把控，几乎所有的艺术批评都建立在某一特定角度，而不是从整体、从历史的角度去阐释。当年高名潞最推崇的最专业的艺术评论当属水天中先生写的乡土绘画，即使其也有局限性。于是高名潞开始寻找开始探索，他希望能用一种全新的角度、全新的方法来论述中国的雨后春笋般的当代艺术。

2009年，高名潞重返中国当代艺术圈。是年6月，"意派——世纪思维"当代艺术展由今日美术馆、墙美术馆、红砖美术馆联合举办。一夜之间，高名潞的名字再次成为话题中心。

意派之争的背后

意派展览之后，华侨大学刘向东状告高名潞"意派"理论抄袭其作品。2010年7月6日，意派之争的剽窃案件在北京市朝阳区人民法院开庭审理，法院判决书中表明：原告中所提及的九个概念与其原作自身解构部分不符，算是还了高名潞一个清白。

纷纷扰扰了许久的官司终于尘埃落定，但是从旁观者看来，无论如何，高名潞还是"输"了。姑且不论官司期间的烦忧，姑且不论好友抑或熟人今成陌路，单单对簿公堂，以自己的声望和地位，其实已经输了。何况在媒体网络发达的今天，多少名人纷纷中箭落马。无论学术的纷争目的何为，

"意派——世纪思维"展海报

但是演变为官司，无论法庭支持哪一方，其实没有双赢的。即使高名潞赢了官司，但是却没有胜之喜悦，而是一脸无奈和疲惫。其实我一直在想，如果社会少一分功利，如果人少一分浮躁，如果人与人之间能做到淡定和仁义，是否这世界会更清明更温情一些呢？谈及此，高名潞很沉重，自幼受文人教育一向把清誉看得比命都重的他始终无法释怀，他一直喃喃地说："人怎么可以这样呢？人怎么可以这样呢？"令人心生悲悯。我劝慰他："好比一个独木桥，对面的人和你一起都走到桥中央，怎么办？要么都掉下河，要么你转身退下，让对方先过，然后自己才过。"高名潞听后轻松许多，笑说，似乎唯此一途。

高名潞选择了沉默、释然和放手，他不想纠缠在官司里深陷泥足而难以自拔。他有种深切的急迫感，他想在有生之年把自己的意派理论尽大程度地做到完善。经此一役的他更加坚定意派论的真理性，更见立论者之高瞻远瞩。任何一个学术理论在成为真理之前，必然要经过层层质疑和论证。

而他要做的和能做的就是心平气和地面对来临的、即将来临的质疑和求证。望着镜片后面的高名潞，我眼前总是想起西藏那些虔诚的佛教徒，他们以身体丈量自己的朝圣之旅，以虐待自己的方式来获取心灵的救赎，高名潞亦然，不期然想起亚里士多德的一句话"吾爱吾师，但吾更爱真理"。

于高名潞而言，也许心中有种"格林伯格"的梦想。的确，高名潞游学经年，浸淫当代艺术理论多年，思想深刻、眼光独到。但是去国游离数年，于形于势都是回天无力了。当年的理想、今日的泡沫是切身切肤的痛。以意派论来抗衡西方当代艺术理论，其实还是有种勉力而为的感觉，尤其在当今这样一个浮躁的时代，真正理论失语的时代。纵学富五车才高八斗的高名潞，内心想必也有浓浓的无奈和挫折感吧。然而他依旧勇往直前，誓要建立一个中国的艺术理论，有种舍我其谁的慷慨和悲壮！

那么高名潞的意派论到底是怎么一回事呢？

高名潞说，西方现实主义分抽象、观念、写实三个范畴。而西方美学理论，强调抽象主义和现实主义作品是对世界的"再现"，是内容和形式的二元对立模式。意派不同于西方的二元对立模式，它是理、识、形（人、物、场）三者融合的艺术，与再现、分离迥异。意派是思维模式的一种称谓。意在树立非再现、非替代与反分离之思维模式，谋求自由、契合与整一。在言外、理外、象外求"是"，然其途径非"是中之是"，实乃意在言外，"不是之是"。目的直指走出现代性藩篱，树"世纪新思维"。

"低调前卫"是高名潞对中国当代艺术的一种建设性的建议。他说，纵观历史，没有一个朝代能把前世的一切都打碎而后重建，只能包容地吸收，激进未必于事有补，反而是和谐更能快捷地达到发展的目的。就人性而言，注重发展规律，顺应自然法则，道法自然，只有这样的低调的前卫才能更好地推动和发展当代艺术，其间，和谐是最重要的。

其实梳理高名潞的意派，其中心思想也是一个"和"字贯穿其间。他的理论已经打破了西方的二元论，至少建立在三元之上，相、意、理、视、形兼备，与艺术文化史对接。高名潞感叹，一个理论要有所新的建树，必须要放之天下而皆准，无论是政治、经济、文化、艺术、批评、美学等，需要有坐标性的意义。他说，任何事情都有言不尽意之处，那么关于意派的批评和质疑依旧会延续，并延续着。高名潞说"欢迎"。而事实是，任何一种真理都是建立在不确定和怀疑基础上的。

涅槃·结束语

回国后的高名潞在美国、北京、天津三地奔波。当有人问他自己在当代艺术的地位时，高名潞停顿良久说："我大概还是有一定的监督作用……实际上主要是我的态度。"措辞委婉而中肯。

高名潞笃信佛教，他有自己的行为标准和原则——现实中的个人事和要做的事无关，要忍要退让要沉默。涉及原则性的、理论上，以及信仰的真理性的东西，就坚持，绝不退让。他觉得只有这样才能够让自己去真正地在有限的生命放大变厚。现在的高名潞，只要一有时间就坐下看书写作。如果一段时间不做，就会心里惶惶然地牵挂。

作为知识分子，高名潞认为在其一生中，《牛虻》这本书对他影响巨大。第一次读《牛虻》是十几岁，那时"文革"刚开始，书中那种悲剧感和锲而不舍的精神和担当令年少的高名潞佩服不已。那样一种英雄气概对高名潞之后的人生宛若指路明灯。

回首高名潞的经历，清晰地分为四个阶段，每一个阶段都是十年。内蒙古十年韬光养晦，80年代十年轰轰烈烈，美国十年急流勇退、浸淫书海，归国十年风起云涌、长风烈旗。"大江歌罢掉头东，邃密群科济世穷。面壁十年图破壁，难酬蹈海亦英雄。"昔年周恩来怀着爱国济世的心，远渡重洋，谋求报国之路。于高名潞而言，舍生而取义，殊途同归吧。

佛家偈语"涅槃"，涅槃是浴火的重生，灵魂的升华，性灵的绽放！经历过风风雨雨的高名潞，坦言自己很孤独，淡然平和的内心其实是孤独凄苦的。能承受孤独，那是一种人格的锻炼和塑造。说到此，抬眼看高名潞，眼神很坦然、表情很平静、笑容很温和。厚厚的镜片、沧桑的皱纹和苍苍的白发，令人心生莫名情绪。

君子慎独，信然！

后记：

一直与高名潞有约，不是他飞机上突发心梗，就是我这里临时发生状况，一错再错之后，于2013年初秋，我前往拜访。满头华发的高名潞，依旧一派温和的学者模样。精灵般的小女儿绕膝承欢，他脸上眼中的父爱满溢。他告诉我年底准备出一套书，把意派理论体系完整起来。对高名潞，我一直心存敬重，在当下艺术界和美术批评界浮躁之际，唯有他潜心学术，为中国艺术形成理论体系，以争得世界艺术话语权而努力，虽然遭受种种来自身边甚或整个中国艺术界或明或暗的诋毁或攻讦，皓首穷经无妄而前行。在这一点上，高名潞这个文人学者，其实更像一个披荆斩棘的英雄。每每想起高名潞灰白的头发、厚厚的镜片、真诚的眼睛，我心底都会涌起一份感动。脑海里总是浮出鲁迅那句话："真的勇士，敢于直面惨淡的人生！"

韩居峰

祖籍河北。清华大学环境艺术硕士。中国杰出室内建筑师、中国室内设计精英奖获得者、中国室内装饰协会设计委员会副秘书长、中国建筑装饰协会设计委员会委员。北京易合空间环境艺术设计有限公司董事长、北京侨信装饰工程设计院董事长兼院长。

什么是岁月的味道？

岁月的味道，是故园的清风、故园的泥土、故园的草木、故园的鸽哨，能让记忆苏醒，能让梦境青葱。

在城市的高楼林立里眺望故园的风景，满目疮痍，只有岁月的味道慰藉着灵魂的焦渴与流离。镜头下的真实、黯然、静默，为岁月流逝的那些美好瞬间。细腻的摄影语言叙述着内心世界，留恋和牵绊，平实而浓郁。

故乡的路有多远？用镜头回忆丈量着岁月的历程，不厌其烦地定格枯树、土路、荒原、老屋、坐在斑驳树影斑驳墙皮的老屋前的老人……千年的故土、百年的老树、经年的老屋、暮年的老人，伫立成一种信念，一种传统，一种血脉。红尘中的悲欢离合，生命的轮回往复，都抵不过时空的轮转。记忆的碎片在镜头里拼接复制着岁月的味道。

乡愁总比时间瘦！一切的存在都终止于文字，一切的存在都静止在影像里。摄影的结果是镜子，折射一种文化和尊严，照亮你也照亮我。

于是我开始盼望一段岁月，经历几多物是人非，却也不枉故事一场。

人间四月天

——韩居峰的文化忧思

一身诗意千寻瀑，万古人间四月天。

——题记

文脉重拾

　　"儿时的城市记忆荡然无存，我非常怀念儿时居住的老建筑，那是50年代建的苏式三层楼建筑，灰砖外墙红瓦坡屋顶，室内地面为实木地板。一到傍晚，我和哥哥、弟弟坐在楼外的马路沿上听着高音喇叭里播放的'红旗谱'。我家对面的长安公园的大门也是60年代'文革'的特色，大门前矗立着工农兵雕塑，所有这些温馨的记忆都找不到了。城市在发展的同时也在丢失与破坏自己本来就少得可怜的历史文化的痕迹，这让我想起了'猴子掰棒子'的故事。"

——摘自《城市建筑景观设计中文化与历史感的迷失》韩居峰

　　几句话，勾起我童年的记忆，想起那杏林、清溪，闻到槐花香、听到蝉鸣蛙声，还有戏院里丝竹管弦的婉转悠扬。想起静夜一遍遍听着草原歌曲《鸿雁》泪流满面。我们都在记忆中寻找曾经的美好，我们都在飞速的发展中迷失了回家的路途。

　　韩居峰说，一个城市的发展轨迹，是一种文化积淀，是历史现象的缩影与投影，一个城市的人们的传统生活行为模式，恰恰是城市历史文化的重要特征。这一切都值得尊重和保护，而不是粗暴地取缔或整容。是的，

2009 年，韩居峰为拉萨银桥饭店的大堂绘制油画

那些饱经沧桑的亭台楼阁、断墙颓垣都有灵魂、有呼吸、有温度，都是神秘历史的见证，都在为昔日的繁华浅吟低唱。记得在国子监，无意间低头，看见那磨得光亮的铜皮门槛，渐次变化的色彩，有着岁月的沧桑。

经常游走各地的韩居峰，悲哀地发现，城市现代化进程总是以牺牲自己的传统文化与历史血脉为代价。他思索着设计师应该怎样运用设计方法论，怎样换一种角度和高度来考虑设计方法与创新的问题，来保护本土文化的同时开创先进文明。韩居峰认为，城市的发展与改造和城市的传统与文化的保护，的确存在一定的矛盾。但是，只要抱着一颗文化敬畏心，尊重当地风土人情与建筑、景观、规划的文化根脉，那么在设计构思、论证城市的发展与历史各个时期的建筑文化符号的关系时，就不会盲目、冒进。最可怕的是盲目地与世界接轨，否则历史迟早会告诉人们那是多么二的事情。我想起去年闲聊时，叶永青对我说过一句话："很多城市打出各种口号'东方威尼斯''东方普罗旺斯'，多么'二'的事情。所幸这两年有些城市不这样崇洋了。"如出一辙的话语。

事实上，韩居峰这样说也这样做着。在西藏拉萨入住过银桥饭店的人都会在大堂里那幅巨幅壁画面前驻足留影。这幅壁画就出自韩居峰手笔。2003年，他承接西藏拉萨银桥饭店旧楼改造项目，三年时间在西藏的居留，韩居峰对藏文化和藏传佛教有了深刻的体会和领悟。他经常在清晨，在大昭寺广场，长时间凝望金顶。他经常在傍晚，驱车奔驰在旷远的原野，看拉萨河上的日落，在巨石宫倾听莲花生大师冥冥中的念诵。

这幅壁画里融入了韩居峰对西藏的自然环境和宗教的理解。在他眼中，大昭寺的金顶映照太阳的毫不吝啬的铺洒，巍峨的布达拉宫在连绵的群山中肃穆庄严。拉萨河、雅鲁藏布江粼粼倒映着蓝宝石一样的蓝天和轻盈的白云，岸边的格桑花盛放着纯洁的微笑。远观，画面措置的构图，似一沓沓铺展的经卷，曲曲弯弯的经文似乎在流动，又似五彩的经幡在风中翻动，更像是一双双佛祖的眼睛在注视着人间。西藏是一个神奇的地方，只要你踏进西藏，你的灵魂就会不由自主地皈依，那是一种对自然的敬畏和朝圣。

拉萨银桥饭店的设计，是韩居峰21世纪初的一个经典案例，也是他投入精力最多的一个设计。在拉萨这样一个充满神秘宗教色彩与国际化的城市，他从历史文脉的传承与地域文化的彰显两个角度，为项目进行总体定位，奠定设计基调。整个施工过程，从配饰到家具，到装修，到机电，空调，事无巨细，他都充分考虑当地酒店消费群体的特点与西藏的自然环境特点及宗教文化特点，把握设计元素与空间功能的最佳契合，使设计风格变化多姿而又和谐统一在地域文化的脉络里。工程竣工了，与其说是工作不如说是他用心做的一件作品。他说，唯有尊重当地历史文化，把握传统文脉精神，那么冷硬的设计才会融入历史和文化，并成为历史文化的符号。

重拾文脉，是韩居峰始终坚持和呼吁的。他在中国人民大学担任室内设计教学时，就对建筑设计理论中的文脉的解读独辟蹊径。也因此，在

求学时期

2009 年获得"中国室内设计精英奖"。但是他很谦虚地说那是集体智慧的结晶。

盗梦空间

韩居峰说："当今全球经济一体化的信息时代，室内设计师对于民族文化与地域文化的保护，担负着重要的历史使命。在设计实践中，怎样满足业主需求的同时，又要调和与保护当地的文化特征，这是设计实践中需要不断探索的课题。"

很多时候，韩居峰一直强调着的设计理论中的"文脉"和设计"方法论"，具体起来说其实可以合二为一，那就是对设计的定位抑或基调。在当代艺术求怪求异时代，盲目以西方标准衡量本土艺术的时期，韩居峰一直保持着自己的清醒和冷静。他认为作品要有个性，但是个性不等于抛弃本土的民族文化，也不等于是完全地固守本土文化，而是在以本土文化为核心灵魂的基础上，创造性地吸收和借鉴优秀的设计理念和设计方法。完全抛弃本土文化，无异于没有民族自信心。而完全固守本土文化，又是失之于教条的刻板和保守的排外。所以，本土设计师对方法论的把握还有待提高。

在城市的规划与景观设计中体现出该地区特有的文化符号，是对文化的保护和尊重；对本土文脉的传承，是为后代人留下的宝贵精神和物质财富。而室内设计师要在设计理念中始终绷着一根本土文化的传承与保护的弦，不能创造一种文明同时毁灭一种文化与情感。

很多场合，韩居峰提到设计要"注重细节"。他口中的"细节"其实是"人"的因素。设计是为人服务的，人的生活习惯、视觉、触觉、心理感受以及温度与湿度的感受等，都是设计师必须考虑的因素。而在室内设计上，细节的深化显得至关重要。因为，一切文化的核心是"人学"，即人的情感、思想和生存状态的因果和变化，无论是音乐、美术，抑或建筑。

20世纪60年代生人的韩居峰，可以说是与中国室内设计同步发展前进。设计是一种生活方式的体现，是对人类生活的一种提示，是人们内心渴望的一种诉求，而韩居峰在设计过程中不断完善着飞升着。

1983年，韩居峰就读室内家具设计专业，后选派到长春市二轻工业学校室内设计班。授业恩师都是中央工艺美院的老师。陈增弼、刘北光、卢小波、柳冠中等都使他深受影响。其中柳冠中老师，近年在设计事理学上提出了一个观点："设计不仅仅是物，而是事"。很多人认为单纯一个室内设计，不论是墙壁、空间都是"物"的概念，但是他认为这是一个事情，是一个故事、一个过程。在这点上，韩居峰深以为然。

当年回到石家庄的韩居峰，经过三年的设计实践，1989年考上中央工艺美术学院环境艺术设计系本科。毕业后去香港从事设计工作。1996年，主持上海时代广场的项目，与英国建筑设计公司巴马丹拿合作。

这些年，韩居峰承接了很多设计项目，每一个项目，他都秉承着自己以人为本的观点。事前了解企业的性质和文化，熟悉它的管理程式和流程。办公家具成为最佳的突破点和切入点，突出文化概念，同时体现办公环境的个性和特色，让工作生活在这里的人时刻感受人文氛围和自身价值的体现。在设计中，韩居峰适时地穿插进去部分雕塑，室内空间、人的空间和雕塑空间组成三维空间，审美、情感、心理、行为、工作等因素不经意间融会贯通，形成一种气场和精神凝聚力。这样的典型作品是中国卫星通信公司办公楼和复兴路56号。

而他个人对独立的小建筑更感兴趣，他觉得能体现出他自己的生活空间、对事物的喜好。在他眼中，在自然环境和人文环境的烘托下，建筑会变成一个生命体，鲜活灵动，无声地阐述着设计师的理念。

韩居峰说："我们作为60年代的设计师，是中国将来一代室内设计师的铺路基石。我们像是《狼图腾》狼群中战斗在最前面的一批狼。"虽是玩笑，但是事实。他对当今设计新生代滥用文艺腔不苟同。记得他在某设计大赛上，犀利地点评："今天又听到了低调奢华、低调浪漫。这是选手在演讲中用得最多最烂的一个词，实在是欠考虑。"韩居峰有着毫不留情的尖锐："我们希望听到选手用更准确、更精彩的词语对自己的设计作品进行定位。"

艺术摄影

"拍摄是我多年的爱好，我在不断地发现美、传达美、创造美，摄影体现了我对生命的感悟。"

——韩居峰

在资深工艺师父亲的影响下，韩居峰自幼喜欢涂涂画画。80年代初考入工艺美院的他，青春理想里始终飘荡着"画家梦"。在长春求学期间，水彩画和油画很有造诣的韩居峰，带动着一个班的同学追寻着艺术梦。对油画天生敏感的韩居峰，手下的感觉很棒。当年他毕业留校，除了他品学

《时空》韩居峰摄

兼优之外，绘画有悟性也是最主要因素。当有人问他为什么时，他笑着说那个时代没有电脑，主要靠手绘效果图，自己也沾了绘画基本功好的光。恩师郑曙阳与陈增弼踏实做事、低调做人、严谨做学问的风格，对韩居峰以后的工作、生活和为人影响很大。

　　求学前对他绘画影响最大的是陈丹青。但是后来陈丹青旅居国外的经历和归国后的现状，令他冷静思考。王其钧教授移民加拿大，他著的《苦乐移民路》对韩居峰触动很大。设计方面，对他影响很深的是日本建筑大师矶崎新，现代建筑设计大师扎哈·哈迪德就是他首先发现的。

　　行踪不定的韩居峰对摄影一直有着偏执的喜爱，他的摄影作品，构图饱满大气，光影对比营造出的肌理效果宛若油画一般。取景大胆，用光独特，手法诡异，画面风格有着绷弦刹那脆弱的精致和惊艳。仿佛在高速行驶的车上，漫不经心随手一甩的拍摄，却有着一股怪异的意蕴，在画面中心凝结盘旋，攫取你的眼球，拨动你的心弦。很多人不明白为什么他的摄

《冬像》韩居峰摄

《缅甸蒲甘佛塔》韩居峰摄

影作品都是灰灰的，他说他很悲观，眼神里流露出一闪而过的落寞与宁静的忧郁。记得他的一幅摄影作品《时空》，光线在跃动中的调调，有一种说不出的感觉，一下一下地锤击着心。宛若发黄发灰的老照片上的折痕，这种伤痛的肌理和色泽，似乎在质疑着艺术的价值，质问生命的价值。但又有着一丝温暖，仿若四月的春风暖暖滑过。风中似乎传来云水天际间曼声轻吟的天籁：一生烟雨，一场梦；一世红尘，一阕歌。

文化的意义在于生活在别处，旅行的意义在于存在于别处。

作为环境设计师的韩居峰，有着对环境职业的敏感和关注。酷爱摄影的他，天生有种风景重构的秩序感，眼睛里总能看到繁华背后冷寂冷峻的一面，而不可复制的瞬间定格的是人类心灵伤痛后的轻松与静谧。因此其作品总是弥漫着一种朴素的静穆，那是一种出世感与世俗感间犹疑的徘徊和慰藉。不经意的画面，不动声色的冷静，出人意料的回味，云雨天光的神秘对比，厚重而强悍的背景，人与自然的隐喻，记忆中风景的悲剧情结，空间层次和纵深的变化，构成的仪式感，产生强烈的人文色彩。韩居峰这时期的作品，风格已然形成。若真能以出世之心，看入世之境，也许就是他大成之时。

风格背后永远站着一个人！喜欢旅行的韩居峰，不断行走的路途中偶遇的奇景，总能勾起其对先祖的生活轨迹的追寻和重访，因此对田园牧歌的怀旧情绪在镜头里以固守的味道歌咏淡淡的哀伤，以黑白灰的极少主义关系重筑心中的风景。

无限景深所带来的物象清晰而内涵丰富的细节，本身就是对自然的一种回归和膜拜。而特别的角度在光充分张扬的时刻让自然与摄影完成了身份的自然转变。心境的优雅与现实里的沧桑的背离，因刹那间的光影把空灵发挥到极致。

艺术是人与世界在心灵上的契合。善于思考、专注设计、痴迷艺术的韩居峰，喜欢风驰电掣的狂飙，也喜欢行云流水的飞行，在他看来，摄影器材远不如摄影者的内心和思想重要。摄影师镜头后的思考使得自己成为摄影秩序里的一个符号。30多年对古典摄影的坚持和守望，韩居峰让摄影回归到曾经失去的朴素和原始，多了份历史的斑驳和沧桑。

他说："摄影是人的心灵中的景色与自然景色，所谓'相由心生'使然。"在韩居峰的摄影里，始终流动着一股气，那是一种抽离的哲思内敛流淌着，那是一种飘忽的冷静空灵含蓄在。突然，脑海里灵光一闪，想起黄仁宇先生研究历史时的法则："出入于历史的边缘与侧后"。想起《大学》里"物有本末，事有始终。知所先后，则近道矣"。

"远路不须愁日暮，老年终自望河清"，顾炎武心里的境界也许就是文化的旨归。而"慎独"是一种修炼！

卢北峰

北京青年周刊副主编。1987年毕业于解放军信息工程学院计算机系。1988年开始学习摄影，1992年进入北京青年报任摄影记者，后任摄影部副主任。2004年调入北京青年杂志社。在中国举办的各类新闻和艺术摄影大赛中获得金、银、铜奖70多次。著有《镜头说话》《生于80's》《见证》等。

时间，从来做不到两两相忘。时间公允，凋零女人，也衰老男人，不褪色的只有生命的气质。于是，蓬勃的生命力在镜头里具有了勾魂摄魄的力量。用摄影沟通历史和现实，现实变迁与历史纵深感就在图片和文字里推演，挟裹着辚辚的历史车轮声。

永远的情人
——卢北峰的情重之处

镜头是真实的。
　　　　——卢北峰

　　春寒料峭时分，晚间末班地铁上，车厢里冷冷清清，仅有的几个乘客昏昏欲睡。沙哑的歌声传来，一个学生模样的清秀男生弹着吉他边走边唱，因干渴而暗哑的嗓音恰好烘托了怀旧歌曲的伤感、沧桑和落寞。弹唱者敞开的背包里散落着几张一元纸币和一瓶矿泉水，我默默拿出一张纸币放进去，弹唱的男生告诉我这首歌是筷子兄弟的《老男孩》。回到住处，搜到这首歌，听一遍流一遍泪。

　　青春散场，梦想不会因为时间而褪色。曾经青涩的华年，如今用回忆来祭奠。在时间隧道里跌跌撞撞前行，生活在我们的容颜上雕刻着沧桑。不经意的一瞬，唤起尘封的记忆。缅怀曾经的岁月，年少轻狂依旧在青春的舞台上旖旎旋转。回顾，是否会感伤，是否会怀念曾经的纯真，是否会怀想往昔万花筒般的梦想？

回顾

　　华山北峰，"智取华山"故事的发生地。1960年，一对夫妇登临华山北峰顶（又名云台峰），极目远眺，一览众山小，风光无限。刚刚怀孕的母亲于是决定给未出世的孩子取名北峰，以纪念华山之旅，同时也有北京城为神州北望之峰之意，暗喻这个年轻的父亲初进京的踌躇满志与对后代寄予厚望之情怀。

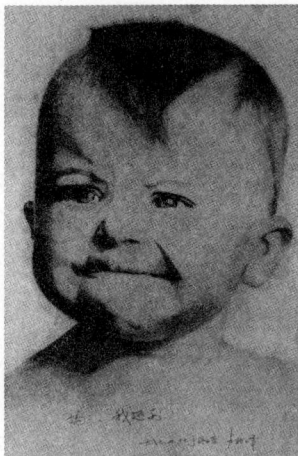

卢北峰素描作品

就这样，一次浪漫的华山之旅，造就了一个聚天地精华的摄影奇才——卢北峰。他身上汇聚了整个家族的艺术气质，相比较而言，弟弟就没有任何艺术细胞。造物主之神奇之造化弄人，不能不令人叹服。

很多时候，儿时自发状态下的艺术开蒙，往往会在骨子里烙下深深的印痕，经年后成为人生关头至关重要的一个因素，卢北峰也不例外。刚上幼儿园的卢北峰，就接过父亲随手塞给他的大部头《水浒传》，竖行排版的繁体字，却让他看得津津有味。就这样，他陆陆续续读了除《红楼梦》之外的很多中外名著，有时还拿着笔在纸上涂涂画画，画书中人物、画连环画上的人物、画各种小动物。

从 1976 年底至 1987 年，跨度 11 年的时间，从总参某部部队到解放军信息工程学院计算机系的卢北峰，身着军装，脑子里却做着作家梦，跟莫言等人通信，疯狂地翻阅文学作品，笔耕不辍。甫大学毕业，卢北峰就闹着要转业。凭着多年练就的文字功力和绘画功底，卢北峰顺利进入中国日报。然而揣着作家梦的卢北峰却被中国日报摄影记者拍的作品迷住了。他买了相机，迷上了摄影，这一迷就是 20 多年。人生很多时候，就是这样，看似不经意的一环，往往改变一个人的一生。

在中国摄影界，如果你不认识他，那你一定看过他的作品，各种重大新闻图片中，视觉独特，画面生猛粗糙，却不容分说掳掠你的眼球，令你猝不及防地战栗和激动的，大多出自卢北峰的镜头。而他，在中国举办的各类新闻和艺术摄影大赛中，也屡屡斩获金、银、铜奖。随着岁月的雕刻，卢北峰镜头下的画面变得深邃细腻起来，多了一份思考，但依旧保有原初的朴素。

结识卢北峰，缘起吕立新。记得当时卢北峰正在筹备摄影集《那些人》而专门为吕立新拍照。看着那些照片，怎么看都觉得不能体现卢北峰和吕立新的最佳状态。我就放肆地跟卢北峰辩论，"旁征博引""长篇大论"地辩论。现在想一想，很为自己不知深浅的莽撞和班门弄斧的幼稚而汗颜。卢北峰后

《错觉》卢北峰摄

来重拍了一次。看到重拍的作品，我私下对吕立新说，肯定还要重拍。卢北峰后来肯定了我的感觉。他一直对我说："你可真够执着的，不过你的感觉很准。"惭愧之余，也为他的坦诚、谦虚而敬佩。当我翻看他的简历，提出采访他时，他却一再谦让，很低调认真，他说自己还有很远的路要走。

采访那天，医生刚刚结束对他的腰伤治疗，卢夫人说他早晨连袜子都穿不上。即使这样他仍旧外出采访了几天。客厅里挂着他的巨幅摄影作品《错觉》。四壁错落着一些名人字画，还有他个人早年画的素描。室内饰品很多具有异域风情。他说大多是从西藏带回的。他的目光定向那个大大的牛头，眼神里有着神往……

朝圣

"索南多旦的歌声和性格唤醒了我内心深处尘封已久的情感，那是圣洁的灵魂的微笑。而这种情感是我在都市里渴望拥有却无法拥有的。索南多旦让我混沌的心澄清了，他却又离我而去。我不想让自己刚刚漂洗过的心再次混沌。我痛哭，为这得而复失的纯洁。"

——《镜头说话》卢北峰

镜头是有感情有温度的，卢北峰更是如此，他是一个性情中人。一场西藏之旅，是卢北峰脱胎换骨的一次心灵和艺术上的朝圣。

让我把镜头拉回到世纪之交。歌手陈琳一曲《你的柔情我永远不懂》当选1993年中国十大金曲奖，声名鹊起并成为社会的宠儿。2000年初，陈琳推出环保歌曲《变脸》。机缘巧合，中国的西北遭受了沙尘暴的九次侵袭，自然环境遭到严重破坏、人民生活受到严重影响。作为第一位被中华环保基金会授予"绿色使者"的艺人，陈琳扛起环保宣传大旗，远赴荒漠贫瘠的高寒之地。5月14日，"绿色使者"青藏之行启程，取道青海西宁走青藏线至西藏拉萨，行程2200千米，考察沿途环境，传播环保理念。

当卢北峰给我讲述那一个个瞬间的感动时，我觉得任何语言都难以表述他内心的感受。那就借用几个镜头去体会去感受吧。

镜头1：大柴旦。连绵横亘的大沙丘，风漫卷着黄沙，夕阳西斜。

镜头2：可可西里。碧空、白云、昆仑雪山倒映在东周湖，悠闲的藏羚羊在荒原中漫步，成群的野鸭从湖面飞掠……藏族青年索南多旦粗犷地放歌。

镜头3：玉珠峰。蓝天、雪山、阳光、经幡……杰桑·索南达杰烈士纪念碑，碑身上的哈达、杰桑的黑白照片以及"功盖昆仑、音容常存"的镀金大字。

镜头4：老靳缓缓讲述着当年野牦牛队与偷猎者激烈枪战时的情景……

镜头5：青藏公路。玛尼堆、经幡、寺宇、经筒、六字真言……路边拉着四弦琴的藏民的歌声……

镜头6：圣洁的沱沱河。卢北峰跪倒匍匐在沙滩上，接受母亲河洗礼。一对藏族男童天籁般的童音在回荡，"君住长江头，我住长江尾，日日思君不见君，共饮长江水……"卢北峰泪眼模糊。

镜头 7：雨水、砂石路，瘦小干枯的年轻藏族男人正一步一叩地行走在朝圣的路上……

镜头 8：山峦、谷地、林木、溪流、细雨、飞鸟、彩虹……卢北峰双手合十。

朝圣者一步一拜，以虐待身体的方式获得心灵的救赎，以五体投地的仪式表达内心的虔敬。磕长头朝拜的路途漫长、遥远而艰辛，这不是苦，是荣耀，是享受，是幸福！

1994 年 1 月，北京音乐厅，作曲家谭盾 卢北峰摄

"心里有佛的人是不怕风霜雨雪的。"丹增师傅眯起的眼睛里闪烁着深邃的光芒。

每一个人都行走在朝圣的路途上！

扎西德勒！

苦修

1988 年，初到中国日报的卢北峰，迷恋上了摄影，亢奋地四处奔走拍摄。那段时间，他拍了很多反映老百姓生活的片子，但是长期的消耗使得家庭变得风雨飘摇。痴狂做着摄影梦的卢北峰变成了孤独而沉默的鸵鸟，只是依旧奔跑在摄影路上。1991 年 6 月，卢北峰剃了光头，保留至今，光头秃哥成为卢北峰的标志形象。

1991 年 7 月，北京青年报发布招聘启事。卢北峰一路过关斩将，一头闯进北青报，之后 25 年，他与北青报一起成长。当时的北青报虽然条件简陋艰苦，但是卢北峰却找到了归属感。彼时的他与摄影记者一步之遥。三个月的玩命苦干，卢北峰如愿成为北京青年报的摄影记者，但同时也意味着他要离开中国日报这棵大树，面临无房的流浪生活。夫妻间的争吵再度爆发，争吵到无力，到最后只剩下平静的两个字"离婚"，冷冰冰。偏偏祸不单行，他的摄影包丢失了。"万念俱灰"，那一刻，卢北峰真正体会到这个词的真正含义。

投身北青门下，卢北峰有着义无反顾的坚决和视死如归的决绝。男人的尊严和梦想的执着，代价是惨痛的——四年婚姻，一朝分离。也许是屋漏偏逢连阴雨，他们分开得很平静，甚至一丝伤感或留恋都没有。记得采访时，他只是淡淡地说曾经有过过去，直到我读完他的书才知道这不堪回首的过往。

曾经温暖的"蜗居"变成家徒四壁的"寒窑"，带着一个衣柜和一辆自行车，净身出户的卢北峰独自住进了一个冰窖一样的平房里。一贫如洗、走投无路的卢北峰从宋平一那里借到全套摄影器材。卢北峰一直心心念念着仗义相助的朋友。他说，没有他们就没有他卢北峰的今天，君子之交淡如水，此生能认识这样的朋友是幸福。

回首，有着太多的感慨和唏嘘。

"报纸要的是能上一版的，有冲击力的新闻照片。"王杰如是说。卢北峰朝着这个目标努力，一直。

卢北峰每天必看三家报纸：《中国日报》《中国青年报》《北京日报》，潜心研究摄影前辈的风格和技巧。他总结出三条摄影理念：浓郁的人文情怀；冲击力强，情绪感人；构图饱满。他至今依旧锲而不舍地追求这三条理念。

摄影靠悟性。在这点上，卢北峰是当之无愧的。记得我跟他探讨摄影

1999 年 11 月，北京中央音乐学院，德国大提琴家米沙·梅斯基　卢北峰摄

时，提及自己当年在王劲松《天问》开幕现场，站在一个远离人群的地方，用傻瓜机拍摄的照片令王劲松极为满意。卢北峰说，那跟他当年的状态一样，现场抓拍一定要冷静，要思考自己想要什么样的片子，选取最佳角度和影像。翻看他历年来拍摄的新闻现场图片，精品频仍。人物的眼神、表情、动作等无一不体现出他对人物气质的把握、气氛的烘托和构图的大气，强烈的对比效果冲击着人的眼球，过目不忘。

当年入北青报试卷上的豪言壮语："如果北京青年报让我进来，我会让北京青年报的新闻图片有一个质的飞跃。"卢北峰记得。

"记住，拿照片说话！"郭建设的声音在回响。

"让我做一次男人！"卢北峰记得自己牙缝里蹦出的话。

于是我们看到一个这样的卢北峰：

＊穿着摄影背心、背着摄影包、骑着自行车，每天穿行街头巷尾随时停住拍摄的卢北峰。

＊认真解读文字记者的文字，感受他（她）对新闻的视角。反观自己的图片，幻想用不同的画面来参照。

＊每天晚上，他对着墙上整版的克莱德曼图片，细细品味。

＊从拍砸的简姆斯夫妇与邓小平宣传画的合影照中，他认真反思。

＊从柯受良飞越长城的壮举拍摄中，他寻找自己与李太行拍摄的照片的差距。

＊从"北京9·23之夜"的北京申奥现场与历史重大时刻擦肩而过中，他思索自己的失误。

＊从北京火车站广告墙倒塌的图片拍摄中，他参悟自己的不足。

＊从1997年赴港拍摄香港回归无功而返中，他剖析自己性格中情绪化的弱点。

反观自己的内心，方能放眼世界。自卑而又自尊的卢北峰一直清醒着，他不停反省。卢北峰意识到自己的错在主观臆想代替图片语言的特殊性和艺术性。世上没有天才，只有勤奋和汗水。从一次次实践、探索和感悟中，卢北峰慢慢找到了属于自己的拍摄语言。

卢北峰成功了，他在无数次失败和挫败中站起来，他在无数次奔跑和冲刺中有了自己的个性和风格。于是在一幅幅照片、一帧帧美图背后，我看到一个秃秃亮亮的脑门，一双犀利的眼睛，观察着自己也观察着世界。

自我

作为摄影记者，很多重大事件，卢北峰都积极奔赴最前沿，参与、亲历、见证并记录着……

1996 年 4 月，中蒙边境红花尔基林场特大火灾。他在废墟上拍出了生机和希望。

1998 年 6 月，长江流域特大洪灾。抗洪第一线现场，卢北峰看到了沉雄厚重的爱。

卢北峰

1998 年 8 月，黑龙江泥石流重灾区。卢北峰取景灾情中母子紧紧相握的大手和小手。

1998 年 8 月某日午后，北京东城公安分局抓捕现场。意欲逃窜的歹徒被卢北峰腾空拉起转了 90 度。精彩的一瞬被抓拍，赢得了当年北京新闻奖图片类一等奖。

2001 年 7 月 13 日，2008 年中国申奥。卢北峰记录下一个普通的中国姑娘关注的神情。

2008 年，"5·12"汶川大地震。卢北峰的镜头真实记录了灾后印痕，他更多关注细部：坚强女孩的笑容、严重缺水的精神煎熬、孤儿游移不定的眼神、男婴清澈的大眼睛、临时学校教室窗口那几朵洁白芳香的栀子花……

摄影 30 年来，卢北峰也一直在用他特殊的视角，记录着社会的发展和人们的变化，将一个个小小的细节串联起来，勾勒出一幅幅动人的画面。在相机快门速度越来越快、自动化程度越来越高的今天，卢北峰将镜头对准了常人司空见惯或熟视无睹的地方，细微处见真情的细腻，最是触动人心。这是卢北峰最成功的地方。

上述这些都是卢北峰的摄影成就，而最值得敬重的是他在摄影中寻找到了自己。这个诱发点起源于2000年陆幼青事件。2000年，陆幼青在榕树下网站写《死亡日记》。同年12月，陆幼青去世。与陆幼青短暂的人生交集给卢北峰带来巨大的心灵震撼。卢北峰这样说："人的生命有长就有短，陆幼青在哀叹生不逢时的过程中也渐渐变得豁达，因为他明白，人活着就是体验的过程。"

青藏之行，令卢北峰经历了灵魂的洗礼；与陆幼青的结缘，使得卢北峰开始思考生命的价值。"从容不迫、意志坚强、步步为营是我从朝圣者和陆幼青身上学到的精髓。"卢北峰如是说。

淡定，清醒的淡定和从容，需要时间的历练和淘洗。走过激情燃烧的岁月，卢北峰不再在意别人的评价和荣誉。他开始思考自己的路。记得春节前他对我说他要转入观念摄影艺术。看着他一系列不太成熟而时有灵光迸发的作品，我知道他会走得更远。记得在他家看着墙壁上他早年的绘画，我回头说："也许有一天你会重新拿起画笔也未可知！"他略做沉吟，说是。

记得他曾经给王文澜写过一篇文章，说音乐是王文澜迷恋到痴狂的情人。目睹卢北峰家里四处堆放的碟片，他何尝曾经不是一个古典音乐的发烧友呢？但是相较而言，卢北峰的情人是谁？我想也许是他正致力于的艺术摄影吧。

造化、缘分，似乎早已冥冥注定。

是耶，非耶，一切都抵不过时间。

乔晓光

乔晓光，1957年生于河北，现任中央美术学院人文学院文化遗产学系副主任，非物质文化遗产研究中心主任，教授、博士生导师。原中国民间剪纸研究会会长。从事油画、现代水墨、现代剪纸多媒材艺术创作，以及非物质文化遗产与民间美术研究、教学。

20年来，乔晓光长期关注民族民俗文化和民间社区文化传承现状，致力于艺术符号学实践和非物质文化遗产学科创建，在中央美术学院创建中国首家非物质文化遗产研究中心。首次提出"活态文化"概念。主持中国民间剪纸教科文《人类口头和非物质遗产代表作》申报等一系列非物质文化遗产保护及教育传承项目。著有《活态文化》、《沿着河走》、《中国民间美术》、《中国民间吉祥艺术》（合著），主编《交流与协作——中国高等院校首届非物质文化遗产教育教学研讨会文集》。代表作：油画《玉米地》系列及现代剪纸、水墨系列等。

2006年获中国民间文艺家协会与冯骥才民间文化基金会颁发的"民间文化守望者"提名奖，同年入选中宣部"四个一批"人才。2007年被国家人事部、文化部授予"全国非物质文化遗产保护先进工作者"称号。

"你晓得天下的黄河几十几道弯，几十几道弯弯里有几十几只船？几十几只船上有几十几根杆，几十几个艄公把船扳？……"吼一嗓子《天下黄河九十九道弯》，直唱得人心都挂到了悬崖边边上。黄河的浊浪，黄土高原的苍凉，信天游的高亢，总是那么直白透彻，那么九曲回荡，那么刻骨铭心，那么断人肝肠！这首20世纪80年代响彻大江南北的民歌《天下黄河九十九道弯》，歌词简单，却有着自己独特的个性和内涵，而黄河的灵魂就在这歌曲里真实如磐，图腾般！

黄河在华夏大地上书写着大大的"几"字形，有一个人用脚步和思考勾勒着黄河的"几"字形，铁画银钩般，与黄河宛若双钩线描。黄河用"几"字追问着时空和历史，一个瘦削的人用一把剪刀和一支画笔追溯着艺术和本土的活源。这个人就是乔晓光！

旗帜
——个案乔晓光

我要把这古老的故事像红烛一样来点亮，让它的光芒射到四方……

——题记 引自傣族民间叙事长诗《娥井与桑洛》开篇词

　　乔晓光有一张地图，与最常见的行政区划地图并无二致，但又是独一无二的，地图上标满了红点，它的名称是《中国多民族剪纸地域分布示意图》。乔晓光说，经田野考证，全国有剪纸习俗遗存的民族有30多个，10多年间，他和他的学生志愿者团队，足迹遍布25个民族的村庄，写了近60万字的田野报告，拍摄了几万张图片，梳理出了中国剪纸的完整面貌，为世人呈现了一个文化多样和多彩的剪纸世界。

中国多民族剪纸地域分布示意图

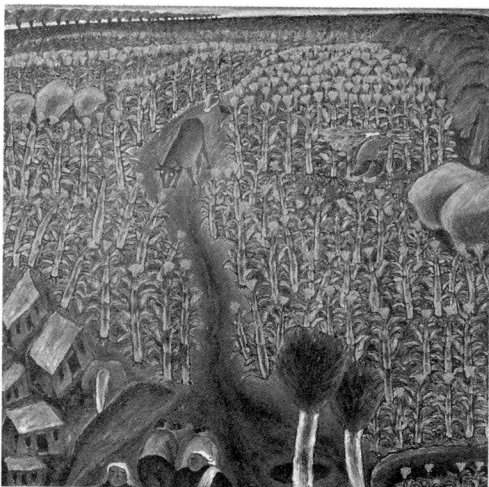

《玉米地》145cm×145cm　　　《神圣的玉米》110cm×80cm

　　在民间美术田野研究的道路上，乔晓光一走就是30年。他守望民间文化的脚步，是从冀南平原那片玉米地开始的。

从玉米地开始：寻找民间艺术的文化之源

　　乔晓光，有一个标志头衔——玉米地画家。他是画坛上以画玉米地独树一帜的画家，他把一个历来不入画的乡村题材变成了一面中国油画的旗帜。

　　20世纪80年代改革开放的中国，农村发生了天翻地覆的变化，乔晓光幸运地经历了农耕社会最后的平安夜。"85"美术新潮，美术界追逐西方现代艺术，乔晓光以他独特的艺术实践立足本土文化，从民间艺术中寻找现代艺术发展的灵感。30年后，回首"85"美术新潮，乔晓光和他的油画《玉米地》成了那时的经典。

　　1985年，乔晓光的第一幅油画《玉米地》，迥异于风行的西方油画的视觉图式与语言气质，醒目于艺坛。随后他在玉米地耕耘了10多年，树立了如扶桑树般的玉米林。靳之林曾这样评价乔晓光："他以农民的情感和农民的语言完成了意象造型，原因在于他视玉米地里的每一棵玉米都是充满生命活力的生命之树，并升华为中国本原哲学意识的生命之扶桑树。"

邹跃进在《新中国美术史》中这样写道："一个有意思的现象是，中国借用民间艺术来创造现代艺术，仍带有'乡土中国'的特点。这是区别于西方现代主义艺术都市化特征的一个重要方面，也是中国艺术家们在创作现代艺术过程中所体现的独特性。……以民间的意识资源作为现代艺术创造资源的艺术家，'米羊画室'就是比较早地做这方面努力的一个小群体。……乔晓光的艺术则以全景式的视角展现中国乡村给人的那种纯朴、稚拙、纯真的感受。"

高名潞在《中国当代美术史1985—1986》中评价："把目光投向民间，有着深厚的自然意识与本土精神的背景。……乔晓光无疑是群体中较彻底地沉入民间的一位画家，显出一种'学术性''研究性'。……从精神气质与造型语言的准确、熟练把握，看出他是获得民间艺术'真传'的意味画家。"

以本土思维画玉米地，乔晓光创作的玉米林树起的是他对民间文化坚定的信仰。"民间艺术土壤奠定了他走向民间母体的艺术道路"（《中国本土精神的艺术之路》靳之林），靳之林的这句话总结了乔晓光的艺术人生。玉米地开启了乔晓光的民间情感大门，并促使他考上了中央美术学院研究生，进入了真正的民间美术研究领域，开始了他用双脚考察民间文化、寻访本土艺术之源的漫漫长路。

沿着河走：发现多民族村庄里的活态文化之河

乔晓光把民间剪纸称作"母亲河"，但他说"这是一条正在消失的母亲河"。

如果说，20世纪80年代初，乔晓光对剪纸的兴趣属于自发状态的话。那么1988年，乔晓光考取中央美术学院民间美术系研究生。之后十年时间沿着河走，走完了黄河走长江，再之后又是剪纸申遗近十年的寻访路。他真正地走进了中国乡村文化深厚的剪纸世界，他发现了剪刀下的文化之树。他对剪纸的关注进入了自觉状态，他痴迷于乡村田野，连续十多个春节都是在西部乡村度过的。

2001年，推介非物质文化遗产伊始，基于本土化语境，乔晓光创造性地提出"活态文化"概念，一经提出就得到社会广泛认同。"活态文化，研究着眼于具体地域，具体文化类型的事实调查，发掘蕴含在具体区域生活中民众普遍认同的文化内涵，发现推动地方文化传统的情感内驱力和生存价值观与村社文化方式。活态文化不着眼于追求理论上的普适性，着重活的具体事实的调查研究。"（《活态文化·冰雹与祭祀——后张范"立夏祭冰神"个案的村社文化调查》乔晓光）

"活态文化"点明了非物质文化以人为本、口传心授的文化活态传承的特征，同时也涵盖了教科文非物质文化传承中强调的"文化空间"的整体性保护意识。乔晓光活态文化概念的提出，对最早普及非遗的社会化认知起到了积极的推动作用。

走田野考察的30年里，无论是北地还是南疆，在古老的村庄，剪花奶奶一边剪纸一边吟唱，乔晓光一边听一边记录，一边内心里默默地流泪。他发现"民间剪纸仍在多民族乡村日常的节日习俗生活中使用着，顽强地保持着远古的民俗文化功能，保持着艺术为生存的文化根性"（《乡村里的活态文化·剪花娘子与剪花》乔晓光）。乔晓光发现了民间剪纸背后的乡村生活和乡村女人的苦难，也发现了苦难正是民间吉祥艺术的土壤，他要把村庄里的故事讲出来。

活态的民间生活，造就了活态的剪纸传统。在世界上没有一个民族像中国这样，漫长的乡村历史生活造就了浩浩荡荡的妇女剪纸群体。真正的文化与生命一体存活，乔晓光提出了21世纪"剪花娘子现象"。民间剪纸洋溢的吉祥幸福与乡村劳动妇女生存磨难的境遇，形成了鲜明强烈的反

2014年1月在澜沧县拉祜族村寨考察时，采访佛堂佛爷

2003年作者拍摄民间剪纸申遗片时，在陕北发现古老的剪纸招魂习俗

差。民间剪纸申报是以人为本的，现实中文化尊重与乡村剪花娘子的距离还相差很远。

乔晓光曾说："当八十多岁的奶奶，一生苦难，仍笑呵呵地把你奉为上宾，端茶倒水。那一刻，什么都不用说，什么都明白了。在奶奶面前你就是个孩子。"乔晓光在黄河流域乡村拜访过几十个天才的剪花娘子，他说："我是在中国乡村见过艺术大师们的幸运者。"

时代的机遇：中国剪纸申遗的艰难之路

20世纪80年代末成立的中国民间剪纸研究会，开展了20多年的民间剪纸发掘和推介工作。2001年，乔晓光接任了中国民间剪纸研究会第三任会长，同时也接过了前辈传下来的为中国剪纸申报世界非物质文化遗产的重任。

根据联合国教科文组织申遗的要求，申报非物质文化遗产，不仅要梳理出历史沿革，还要进行普查评选一批传承人、拍摄录像、建立生态保护村、召开国际会议、举办剪纸大型展览、规划十年传承与保护计划、出版中英文画册等一系列工作。这些工作耗时耗力，有相当大的难度，同时他们的资金也十分缺乏，但只有克服困难向前走，停下来就前功尽弃。

为了拍摄二十几个传承人，乔晓光不辞劳苦奔波跋涉，白天扛摄像机，晚上赶写采访脚本，为节省资金行旅一切从简。为了争取地方政府的帮忙和村上人的支持，他自嘲练就了四处感动人的本领。几年下来，申遗资料里单单文案就积攒了十几万字，拍摄图片几万张。乔晓光凭着他对剪纸母亲河的热情和信念，度过了申遗工作艰难的一千多个日日夜夜。

十年时间，乔晓光在项目申报工作中，边学边干，没有节假日，常常工作到深夜。他以项目带动人才的培养，率领自己的学生，足迹遍布许多多民族的乡村。乔晓光不仅出色地完成了申遗所要求的全部工作，同时也激活了青年学子的专业潜能和他们关注乡村活态文化的热情。

2009年，中国剪纸入选联合国教科文组织"世界非物质文化遗产名录"，乔晓光发现，关于少数民族的部分，还有许多民族的剪纸传统我们不知道，还有许多在田野方面几乎是空白。申遗疲惫的征尘还未洗去，他又踏上田野考察的新征途，又是一千个日夜，乔晓光和他的学生团队，沿着大半个中国边境的村庄，终于摸清了少数民族剪纸的家底。

与世界对话：乔晓光开拓了中国现代剪纸艺术之路

20世纪80年代末90年代初，国人纷纷出国时，乔晓光选择了深入农村，一走就是20多年。

30年前，乔晓光最早接触的是陕北张林召的剪纸，这位剪花娘子天才自由的朴拙之风，启蒙他走上了剪纸之路。乔晓光的剪纸一经亮相，刘骁纯就给予高度评价："他的作品出现，标志着从延安时期开始的新剪纸，经过数十年的徘徊和探索，开始走向成熟。它使新剪纸从非驴非马的尴尬中解脱出来，展现出新品种的曙光。这些作品，不难看出民间剪纸、原始艺术、毕加索的残痕，但已不是生拼硬凑，而是融为一体的新生命。我想，预示着剪纸

乔晓光作品

发展新阶段的艺术家，未必只有乔晓光一人。"（《中国美术报》1988-1-20总第26期 刘骁纯）

作为一个现代剪纸艺术家，乔晓光的剪纸创作是具有开拓性贡献的个案。他一面坚持田野考察，研究民间文化，从中汲取养分，一面以世界艺术文化的视野开拓实践中国本土的现代剪纸艺术之路。自延安鲁艺提出"新剪纸"创作以来，中国剪纸作为独立的文化物种，能否在世界当代艺术中有一席之地，这也是对中国本土艺术发展的挑战。乔晓光接受了这个挑战，他成功地把中国剪纸推向了世界艺术舞台。

"乔晓光的剪纸，语言形式上的取用可说是广征博引，有德国表现主义木刻和毕加索的立体主义处理手法，有宋元小说插图、陕北与河南民间剪纸、唐代墓葬中的石棺阴刻、汉画像砖、现代连环画、农民画、远古岩画、远古图腾、佛像造像、儿童画等诸种造型样式。如此多的形式因素被他较好地融为一体，从而创造出一种新的'黑白镂空艺术'来，由此可以看出，这里的'民间'实在是一个非常宽泛的概念了。"（高名潞《中国当代美术史1985—1986》上海人民出版社1991年10月第一版第317-323页）

让中国剪纸这个古老的艺术物种，与世界不同民族的文化遗产进行融合与对话，是乔晓光近十多年来的剪纸艺术新尝试。他展开了一系列国际合作项目，成功地让世界认识了中国剪纸艺术。

2004—2006年，乔晓光为挪威易卜生剧院的《寻找娜拉》设计中国剪纸版的舞台美术。他创造性地把民间婚俗剪纸文化空间转换成戏剧舞台的空间，把娜拉和剪花娘子放在人类文化与生存境遇中去对话。其红色剪纸版舞美不仅开拓了中国剪纸艺术舞美设计的先河，也使中国剪纸登上了世界戏剧舞台。

2006—2008年，乔晓光用中国剪纸再现了芬兰千年史诗《卡莱瓦拉》，成功地用剪纸诠释了史诗的内涵。乔晓光的剪纸融入芬兰的历史和文化，复活了远逝的《卡莱瓦拉》故事，感动了芬兰的观众。他荣幸地被吸纳为"芬兰卡莱瓦拉协会"外籍会员。

2012—2014年，乔晓光为美国芝加哥奥黑尔机场创作了剪纸公共艺术《城市的风景》，用中国剪纸语言，把中国北京和美国芝加哥的地标性建筑并置于同一水平线上进行对话。乔晓光把中国剪纸推进美国公共艺术空间，让美国人欣赏到中国剪纸的魅力。

2014年10月，在北京今日美术馆举办中挪艺术家联合展出的《纸的对话——龙和我们的故事》剪纸艺术展，中国龙（long）和北欧龙(dragon)相遇。一场龙的剪纸对话，重新诠释了不同国家"龙文明"的历史和文化。乔晓光的《鱼龙变化》创造性地使用了一纸两面的原创性艺术方式，向人们讲述了中国的龙文化，隐喻了当今的变革时代。2015年春、夏，展览将到挪威巡回展出。

乔晓光以一个艺术家的敏锐和厚积的文化创造力，使其开拓的现代剪纸艺术深深根植于民间大地，乔晓光的剪纸艺术超越了原始意义的剪纸范畴，使其成为有本土精神的当代艺术范式。

《荷花》137cm×68cm

2008年10月在芬兰库赫莫拜访史诗《卡莱瓦拉》
最后传人尤斯西时的合影

　　70年前延安鲁艺时期，倡导向民间艺术学习，艺术家从民间剪纸中寻找灵感创造了中国新木刻艺术。当时的延安鲁艺也希望把民间剪纸纳入教学当中。70年后，乔晓光已在中央美术学院开设剪纸课程20多年，他已让现代剪纸艺术走上了世界舞台。这背后支撑他的是对民间文化的信仰与热情。

树立本土精神：乔晓光与民间文化共生

　　乔晓光是一个学者型的艺术家。他无论被冠以何种头衔何种身份，乔晓光始终是一个质朴本色的人。无论是油画还是水墨，抑或剪纸，都把民间文化融入其中，守住自己的内心，从脚下的土地开始，一步步以极大的耐心寻找着精神和情感的文化源头。

　　乔晓光的艺术创作，有如"空筐"，呈现出极强的混生性与开放的融合性，乔晓光的艺术现代性清晰地指向中国传统文化的源头。乔晓光近年来的水墨创作，取材广泛，超越时空和地域，已然进入自由之境，对偶思维贯串其中。这种本土文化传统的最朴素的相生相克的阴阳哲学，对偶的混沌本质与水墨本体的文化原生性息息相通相融共生，乔晓光的水墨探索走向也接通了叙事母体的本原。"靠近朴素与简洁，这正是我梦寐以求的

挪威现代舞戏剧《寻找娜拉》的中国剪纸版
舞台美术设计之二

《太阳鸟》68cm×68cm

境地。"（乔晓光语）

乔晓光的水墨创作开拓了水墨艺术的文化视野，开启了艺术的新大陆，把考古艺术、民间艺术、西方现当代艺术以及不同文明背景下的早期艺术和文化遗产，都融进了他的水墨之中。这种直通本源文化的现代艺术探索无疑是有意义的，他为中国正在寻找出路的当代艺术提供了一种实验的可能性和启示。

乔晓光主编了国家教改中的高等师范院校系列教材之《中国民间美术》，他作为教育部艺术教育委员会的委员，负责在国内高校推广普及民间美术课程。4年多来在西部地区赴30多所高校讲课和指导，有时一年去西部民族地区八九所高校讲课，十分辛苦。"民间美术学科普及仍是艰难和边缘的，西部高校师资奇缺，学科发展更滞后，普及民间美术课程需要信念和耐心。中央美术学院三代人积累了几十年的研究与教学经验，我要把这些经验传播推广给社会。"乔晓光如是说。他呼吁更多人参与进来关注和保护民间美术，虽然现状不容乐观，但是乔晓光从未停止过脚步。

乔晓光在中国民协兼职副主席，负责《中国民间剪纸集成》全国多省卷本的的主编与田野调查培训工作，这又是一项需要持久耐心和宽广文化视野与强大学术能量的马拉松战役，乔晓光已奔跑在这条长路上。

旗帜：愿中国民间文化精神永远飘扬

其实，乔晓光创下了很多第一。

"85"美术新潮时期，作为青年艺术家，乔晓光提出了立足本土，从民间艺术走现代艺术之路的观点，并坚持实践至今。

世纪之交，民间美术处于低谷时，乔晓光率先在国内推介"教科文组织非物质文化遗产"概念，在推介非遗时，首次提出"活态文化"概念。

2001年至2005年，乔晓光主持中国民间剪纸向联合国教科文组织申报世界非物质文化遗产项目；2002年5月，在中央美术学院创建国内首家非物质文化遗产研究中心；2002年10月，在中央美术学院策划召开了教育领域第一个非遗大会，推出了《非物质文化遗产教育宣言》；2003年1月1日，联合北京相关高校创立中国第一个文化遗产日——"青年文化遗产日"。

2005年，鉴于在中国非遗领域的独特贡献和艺术影响，乔晓光入选中宣部全国"四个一批人才"；2006年，荣获中国民间文艺家协会与冯骥才民间文化基金会颁发的"民间文化守望者"提名奖；2007年，被国家人事部、文化部授予"全国非物质文化遗产保护先进工作者"称号。

乔晓光是一个名副其实的民间文化守望者。他守望着本土艺术最本源的文化根性，守望着民族文明最古老的文化底线和艺术情感方式。

乔晓光是守望民间文化的一面旗帜，他在漫长的时间里坚守，他的坚守与开拓也成为非遗传统与当代社会连接的一个希望。

后记：

"我一直觉得我的根在大西北，那种干干的候征很适合我。"乔晓光不止一次这样说。这话说得很宿命，但是乔晓光并不是一个宿命的人。

据考证，乔姓，源于姬姓，上古时期黄帝死后葬于桥山(今陕西黄陵)，留下为黄帝守灵之后裔，就以山名为氏，称为桥氏。南北朝时期，桥去木而为乔。或许乔晓光的祖上真的是陕西乔氏东迁而来的，且不去考校。但他确实是地地道道的河北大平原土生土长的人。然，也许冥冥中的指引，乔晓光与黄土地结下了不解的生命之缘。

了解乔晓光，你需要恶补民间美术知识。一段时间以来，一直跟着乔晓光学习《中国民间美术》课程。并不厚重的一本书，每每捧读，却有种无力承托之感。经常是，听乔晓光讲课，人生故事和生命哲理，潺潺而出，没有刻意和做作，都是再自然不过的真情流露。那些生动的故事与图片，勾勒出他的行踪，也摹写着朴素民俗后面的璀璨的文明。

乔晓光的艺术与人生丰富而多姿，而一篇文章，一再提笔又止笔，是因为在他面前，我第一次心生怯意。怯的不是他的人，而是他那干瘦的身躯里巨大的文化含量以及仰之弥高的信仰的光辉！

何为气场，面对乔晓光，我真的懂了。

温普林

满族，1957 年出生于沈阳，是一个以艺术为生的自由人。1985 年毕业于中央美术学院，曾执教于北京第二外语学院，倾心于前卫话剧。1988 年组织包扎长城的大型现代艺术活动《大地震》；1989 年后，在西藏漂泊并拍摄纪录片。20 世纪 90 年代创办中央电视台"美术星空"栏目。重要策展有《七宗罪》《穿越死亡》《解放》《敏感地带》等。著述：《巴伽活佛》《茫茫转经路》《苦修者的圣地》《我的堪卓玛》《安多强巴》《江湖飘》等。

江湖人称温普林为温老大，事实老大只是家里弟兄排行而已，然而冥冥中似乎注定了他在当代艺术江湖的大佬地位。温普林骨子里是八旗子弟的玩世不恭，实则是一种高贵的颓废。他极力避开江湖，而名字总是不经意间在每一个重大艺术事件上突兀着。他生活散淡到山野村民，几欲与世隔绝，却有着神奇的吸引力，吸引着当代艺术家鱼儿般游过去。他懒到不愿动笔，但一出手必非凡品。

相忘于江湖

——素描温大佬

隔着半世光阴，眺望你的背影，飘忽在山野云岚间。

长城巍巍蜒蜒远去，怀柔一如它的名字，一腔清幽地峭立在长城脚下。山中无岁月，寒尽不知年的时光里，你在黄花城下杏林里静坐灵修，听风弹奏四季的音韵。鸟鸣、蛙唱、虫吟起起伏伏呼应唱和，平平仄仄着光阴流年。"白天晒太阳，晚上晒月亮"的自然生活里，看时间从指缝里一点点地流逝，你满足地叹息："生活啊！自然啊！"你写下座右铭："饱食终日，虚度光阴"，颇有禅机在。

温普林

　　在有一搭没一搭地写着前尘往事的点点滴滴的停顿间，笑看杏花绚烂、夕阳花雨；绿荫如盖、次第重彩，乃至颓败枯枝寂寥。你只是静静凝望，印证我佛拈花一笑的了然。世间事，从来是繁华上演，寂然落幕。于是你在山野丛林的雾岚水汽里寻觅《聊斋》里的狐仙魅影，总在瞬间的迷离里渲染成梦境般水汽朦胧，总在雾霭晨曦里纠结经年。

　　隔一程山水，坐望你的行踪，飘忽在雪峰蓝天的彼岸。

　　"嘎松泽仁"，健康长寿，这是巴伽活佛给你取的藏族名字。空旷的雪域高原，你是席天幕地的篝火旁的藏民口中传说的精灵。轻松随意的西藏随笔记录里，却有着一种对自然对天性的敬畏和景仰。仰望冷月苍穹，你听见狼对月长嚎，心悸那种对自然的神奇仪式般的膜拜朝圣。于是你脸上显现了丝丝缕缕的惆怅。《苦修者的圣地》《茫茫转经路》《巴伽活佛》等，你笔下极干净的文字，读来轻松，掩卷却难以释怀，沉甸甸地压在心头，然而暖暖的。

　　30年前的一次藏地旅行，冥冥中成就一生的机缘。外界对西藏的种种误读，都在你忠实的记录下烟消云散。你说，西藏是一个让人飞翔的地方。西藏生态的魅力冲击着你的神经和心灵。在那个浓厚宗教文化仪式的庄严背景下，你的灵魂自然而然地寂静、欢喜、涅槃。

　　你曾经在西藏建了一座格萨尔王纪念堂，还建了一座禅印寺。建寺庙时，你还想着寺庙竣工之日就是跨出槛外之时，那时的你还想在那里参禅修行印证密宗。但是，完成建筑之后，你顿悟，公德心和功利心是不同的两件事，红尘中能心安，就是功德了。自由散淡如你温普林，怎会让皈依的形式束缚了你呢？"行于所行至，止于所当止"，存乎于心之妙，不在于形式表象。

　　看似信口开河、嬉皮笑脸的你，其实内心有着极度的自省和清醒。看似吃喝玩乐、无所事事的你，其实内心有着一片世俗人道的蓝天，清澈的悲凉酸涩。你是沦落在凡尘的菩提，未出世的圣徒。昔年甫入藏的你，长发披肩玩世不恭。经年后穿梭在汉藏两地，你如普罗大众，所到之处，你的名字和面容被每一个沉默如金的人铭记在心。

回溯这20来年，翻检你的历程，你在艺术史册上隐现。

从20世纪80年代初的实验话剧、先锋电影到纪录片，从散文随笔大家，再到策展人、艺术批评家。从89大展的影像记录，风马旗西藏纪录片，到《玲珑塔》纪录片，从"七宗罪""穿越死亡"到艺术文献大展。无论哪个行业哪个身份，似乎都难以界定你的真实身份，而你却施施然地嬉笑着自由游弋。更兼现有藏红花才女鼎力辅助，你更是闲散一人，隐居在杏林深处与风云雨露为伴。

你真的闲散了吗？不，你的思想从来没有停止过忙碌。你曾费尽心力与大同大张家人协调，终于拉回来满满一车几麻袋资料。你用整整一年的时间，整理大同大张的资料，满怀敬畏和辛酸。何为真正的艺术，何为清醒的艺术家，莫不如是。你在《祭大同大张》中这样写道："壮哉！大同大张，来时无影，去日无踪。常人恋生之有涯，智者穷思之无极，感慨生之无奈，但求死之自明。……盲目，自悟，自醒，蠢材之路独行……"每每提及，你一脸肃穆，目光正容。

你目睹宋庄变迁，乌托邦不再，影像记录了一个理想伊甸园的幻灭。你也曾撰写过《野狗庄杂记》网络游戏，从狗崽到狗屌到狗圣，调侃中充满严肃的思考和判断。甚至几乎你的一切展览和记录都在一种冷幽默的状态下创作，没有任何美学词汇的堆积，只有简单犀利的思想，直刺人心，直刺苍穹。

十月深秋，细雨飘拂，落叶清浅疏落在路边脚下，注目藏红花工作室客厅半壁墙的小型的矿工雕像，或坐或站或躺或假寐或吸烟的姿势，满心震撼。这些雕塑依旧是一个关注底层矿工民工的艺术家的作品。你走进来，起身，落座，大厅的灯光透过百叶窗，笼罩着你，光晕般。你嬉笑调侃，漫不经心却不经意间的思想锋利地闪着光。你的故事就蛰伏在这秋天的雨里，你半生的情谊就在这盏茶里。而回忆，却足以丰润所有年华。

若一切可以重来，你是否还会这般不经意地坚持，以一种颓废散淡的姿态，屹立在当代艺术潮头，击楫而歌，纵横捭阖艺术江湖。若时光倒流，你是否还会以青春做注，做一场盲流的豪赌，孑孑独行在苍茫雪域。而你并不静待上苍开出一副九天十地的牌九，以示你最终的输赢。你剪去长发，暮色四合中，你涉水而过，朗月清风饰你衣衫，十里杏红润你沧桑。回望，身后是错落一空的灰飞烟灭，而岁月已将你的微笑做了伏笔。

一册上卷《江湖飘》，写不尽108名艺术人物。而指点江湖，笑傲艺术沧海的就是你温大佬。在你眼中，红尘如沧海滔滔，求名求利欲壑难填者如滚滚浊浪。而你随心所欲地泼墨其上，点画勾抹着江湖的荡气回肠与淡薄逍遥，辗转腾挪着纵横江湖的大气磅礴与寂寒料峭。你用一管朱笔，点化出：唯有心无城府者、清心寡欲者才能明慧艺术真谛。

身在江湖，必少不了柔情琴心红袖添香的韵致风情，也曾酣畅于草原的古朴恣意放浪桀骜。更珍惜一份千年的守望，历尽沧桑依旧两两凝注的目光，在光阴的阴差阳错中交握。一生烟雨的苍凉古意，都统统付与你的释然一笑中。你的笑，是指点江湖，是坐看云起，是寂寥清风，是萧条冷月，是俯仰天地的气宇与度量，是气吞山河的豁达与坦荡。

而你厌倦了江湖，你总是远远避开江湖，与山野生禽为伍，静寂到不知晨昏定省。在与自然对话中，让心灵自由飞翔，没有任何羁绊。不知今夕何夕的日子，参悟生命与时间。

如何明心见性，树下打坐，对一盏茶，一弦琴，一溪云。沧海桑田，大漠孤烟，早已没有了长歌当哭的慷慨悲凉。张目，以指蘸茶，偌大的石矶上起承转合着一行字："相忘于江湖"，慢慢晕染模糊。忘，如何忘？不啻剑气贯心，怎一行短短狂草就吟尽千转百回的颠沛流离。你微笑，往事如一场梦，醒，便是一苇渡航。

从此，以岁月为杯，以沧桑为茶，穿肠而过，宿醒清明。

后记：

谈笑间，突然心底有熟悉的旋律——黄霑的《沧海一声笑》，来来回回地流淌着暖意与荒凉，反弹的"宫商角徵羽"，醍醐灌顶般。

补记：

温普林，其实你好难定义他的身份，说他是艺术家，他在策展；说他是纪录片导演，他在写书；说他远离江湖，但是江湖从来都有他的传说。从先锋戏剧到策划拍摄现代艺术，从影像记录到创办艺术媒体，从制作人到作家，从藏漂到策展人，从策展人到隐居山中。他跨界之广，触觉之敏锐，总是在最最敏感时期，他无意识或被动地被推到风口浪尖。他创下了很多第一，每一个第一都是中国现代美术史无法绕过的一笔。他最接地气，却又最孤寂。他最清高，却又最玩世。他最具佛性，却又充满邪气。他所有的言行举止与作品本身就是艺术，具体里又抽象得变异，抽象里又具体到真实。若真要定义他的身份，那么还是给他冠以艺术家的头衔吧。

对温普林其实只有一面之缘，当时他已经从厚帽子的发型剃成了小平头（当然是因为一件偶发事件所致），似乎一下子清爽了许多，他也似乎很满意这个新发型。第二次见他是在今日美术馆一个群展上，只是匆匆打个招呼，那时的他清瘦了许多，头发胡须似乎都白了。着手写他，其实是源于读他的风马旗系列，但是文章出来后，他觉得是最抓住他骨子里气质的一篇文章。是，抑或不是，我写谁，无论他的身份地位，只看中他人性里最温暖的一面。

易英

1953年出生于湖南省芷江侗族自治县。中央美术学院教授、博士生导师，中央美术学院《美术研究》杂志社社长、《世界美术》主编，著名美术史家、艺术批评家。主要著作有：《学院的黄昏》、《偏锋》、《从英雄颂歌到平凡世界》、《世界美术全集：西方20世纪美术》、《〈世界美术〉文选》四卷本、《西方当代美术批评文选》上下册。译著：《帕诺夫斯基与美术史基础》和《艺术与文明——欧洲艺术文化史》。

倘若你能使你的心时常赞叹日常生活的神妙，你的苦痛的神妙必不减于你的欢乐；你要承受你心天的季候，如同你常常承受从田野上度过的四时。

——纪伯伦《先知·论痛苦》

老易

老易是谁？

老易就是易英，原名是易鹰，估计在那个崇尚英雄的年代改的名，虽然他的身材从来没有高大过。停停，似乎有人说易英身材高大魁伟来着。

不管他高大不高大，但是老易的英雄主义似乎一直贯串在他的生活里。当年做知青时，得知"扎根"农村的知青明姐的生活窘境，会画画的老易请半年病假，去全县知青点给农民画像，一张像收五毛钱或八个鸡蛋，把这些收入全给明姐。原文很感人，请大家网搜《天泪》（《流不走的岁月——益阳知青生活纪实》）。

老易有篇回忆知青生活的文章《小梅》。当时老易是公社通讯员，小梅是广播员。两人度过了一段欲言未言的浪漫时光，到最后分开时，小梅要送老易一支钢笔，老易明明是喜欢小梅的，可是他却说："我已经有钢笔了。"很是不解风情，硬生生扭断一份浪漫，至于他后来怎么怀念，我们都觉得不可原谅。对吧？

这让我想起2010年底我撰写批评家系列，与老易通话，电话那端一声嘟囔："没啥意思。"咬字不清的湖南口音。写完让他看稿，依旧是含糊

知青岁月里的易英

不清的语调和同样四个字："没啥意思。"接着用湖南腔的普通话低声说："有个地方要更正，我那篇文章名字叫《小梅》，不是《小芳》。"

虽然嘴上说着没意思，但是他依旧依照我的要求把照片等资料发给了我。那时我对老易不熟悉，但他第一次通话就说没意思也忒不给人留情面了吧。后来我跟艺术家李向明聊起此事，李向明说易老师说话就这样。他举了一个例子，说有一次同学聚会，中场，一名人届中年的女弟子姗姗来迟，向易老师敬酒问候。易英一本正经地瞪着眼睛说："你来干吗呢，都老女人了。"说完了还加上一个轻轻的语气词"哼"，似笑非笑那种的。让女弟子无比尴尬，但还是很有修养地应付过了场面。敬过一圈之后，女弟子悄悄离席而去。过了一会儿，老易却又问起她来，众弟子群起责备之，老易推推鼻梁上的镜片一派无辜地说："我只是跟她开个玩笑嘛。"

后来，我做了老易的学生，慢慢熟悉了他，就知道他其实很生活很有趣。我们这些学子越叫他老易他越开心，老易跟学生没大没小地玩儿在一起，典型的老顽童。有一次课间，老易扬着他那本随笔集，我发现新大陆一样："老易，我终于知道你这书为什么叫《漂浮的芦苇》了。"他说为什么，我说："是因为，你喜欢的一个女孩子的脚丫被芦苇根扎伤了，你天天背着她过河。你为了纪念那段时光呗。"老易美滋滋地辩解："哪有，我没有。"我说："就有就有，明明写着嘛。"他狡黠而不失得意地说："没写，是你记错了。"

事实的的确确是我记错了，那个萦绕在老易青春心灵乃至大半辈子的小梅姑娘，我为何硬生生记成小芳了，看来是被李春波的《小芳》毒害不浅，让我觉得那个时代的女知青都是梳着长长麻花辫的"小芳"。不管怎样，分明是老易陪着美丽的"小梅"在洞庭湖堤漫步，谈理想赏夕阳听小曲儿。看！碧绿的湖水、白茫茫的芦苇荡、天水一线间的夕阳、美丽的姑娘，还有歌声在飘荡……老易给我们描绘了怎样的一幅浪漫至死的美丽图画啊！不演绎点韵事哪个相信呢？

老易就是老易，我们编派他自去编派，他只乐呵呵全盘照接，只自顾自地说自己想说的事，往往不知不觉中让我们的思维跟着他转。他待学生比自己的孩子都亲。有次他叫学生在家里吃饭，师母在厨房忙碌，他对学生贫："嫁我这样的老公她就知足吧她。"其实，易师母也是一大才女兼教授。从来嘴上嫌的往往是最得意的，大男子主义偶露峥嵘，其实是孩子气的炫耀罢了，令人忍俊不禁。

扯了这么多，还是隆重推介一下老易吧。

易英，中央美院美术史教授、美术史论家。他在西方美术史和史论方面，目前在国内无人超越他。如果你认为他是美术批评家，他会很不以为然，虽然20世纪80年代他和范迪安、殷双喜被称为京城美术批评界的"铁三角"。后来他选择回归学院，回到学术上来，并做到了极致。在当下美术批评流于苍白时，他的见地和高度直指症结，一针见血，见血封喉，每每刺痛狂躁的美术界。

何为批评？易英说美术批评起自 18 世纪法国的沙龙。沙龙就是展览的客厅，是一个文化中心和信息传播中心。有艺术鉴赏力的人士，在展览会中央的"客厅"里对展览说长道短，这种议论就是美术评论的雏形。像狄德罗这种既是哲学家又是文学家身份的沙龙常客，以他的哲学知识和文学修养谈论绘画，既向公众解释了绘画，又代表公众表达了对绘画的意见。某家报纸刊载他的话，则成为美术评论。而批评家的阐释和建议的双重身份至今没有变化。可悲的是当今的批评是失语的，所谓的美术批评要么止步于肤浅阐释，要么流于谄媚。前者他不屑，后者他不齿。所以回归学术与理论，他可以畅所欲言，不能违背自己的心意。

回到严肃层面，关于批评，易英曾经很尖锐地指出："当代艺术的商业化倾向，尤其是传统艺术形态，甚至包括一些观念艺术使艺术的性质发生了变化。艺术批评不是抵制这种变化，而是为商业化和庸俗化推波助澜。批评如果与市场合谋，就是为市场提供商品，它本身就不具有批评的性质。"当代艺术批评的失语或者说陷入策划误区，主要在于批评家素养的缺失，对艺术的把握和对知识的把握不到位。因此，易英主张批评和艺术实践要保持距离、和市场保持距离，这样就能保持艺术批评的独立性。所以他回归研究，用研究来代替批评。批评不刻意去左右艺术观念，却可以激发创作。同理，艺术无须迎合，而文化却可以包容，从而达成和谐之建设。

于是易英是研究再研究，一篇篇思想的结晶，《中国 90 年代的美术批评》《坏画探源》《原创的危机》《社会学的批评》等，文字背后是内敛的忧虑和责任。易英的文章哲思多于叙事，语言比较西化，高度深度都有，但是晓畅生动方面不如他的随笔读来有趣可爱。可见，严肃时的学术不如生活来得轻松。所以我还是谈他的生活吧。

见过易英的画作，水彩和油画都有，色彩透亮清澈，薄薄地似乎有层薄纱朦胧胧罩着。他说他不喜欢学院派的灰调子。我许诺给他写一篇评论，至今还没有动笔。老易耿耿于怀的是当年写生，老师批评他把太阳挂在树梢上，因此受到打击，一直为自己没有成为艺术家而遗憾。那么他这些年左手画笔，右手钢笔，指东打西，挥斥方遒，一派潇洒，但是貌似当年那个心结一直没有疏解，偶尔提起，无论课上课下，嬉笑的语气里满是对岁月的调侃。

有次席间，他打开 iPad 让我看他过去与现在的写生作品，我自然不甘示弱，亮出自己的诗词和书法，易英当时只淡淡地说："女孩子能写得如此大气，不错。"照例发出一声"哼"，似笑非笑那种的，其他并没有多说什么，我当时觉得他不过是应景而已。之后，就不断有人转述："易老师夸你呢，他说'贺疆是才女，大才女'。"让我一头雾水，想来想去，唯有那一次我的"显摆"让他刮目相看了吧。

在易英嘴里，其实能得到夸赞并不容易，估计至今我是唯一他夸过的学生吧。除了正常课徒外，他还举办过十届研修班，学员近千人，大多从事艺术或与艺术相关行业。一次我问他是否应该组织一次师生展，把他和历届学员的作品做次梳理和汇报。他瞪着镜片后的眼睛一本正经地说："只有李向明还做艺术。"一句话伤了多少学员的心哪。其实想想，并不为过，因为学员中也只有李向明的抽象艺术走得最远。易英如此说其实是对其他学员提出了学术高度的高标准高要求。想当初，法国巴黎艺术学院宾卡斯教授也曾经当着圆桌边的 40 多名艺术家与美术院校的美术教授们说："你、李向明是艺术家，他们都是教授。"

易英生活中对学生、对任何人都很随和可亲，但是学术层面律己律生甚严。1953年出生在湖南省芷江县的易英，父母是教师，母亲很开明多才。摘录易英母亲秦冰熙的一首词《水调歌头·麓山回忆》：

爱晚亭前路，觅旧几徘徊。

峡谷清风凝碧，天桃醉欲开。

回忆当年赏雪，正是风华岁月。

寒骤两偎挨，两心同似火，两意不相猜。

偕鸳约，盟白首，诉情怀。

半个世纪沐雨，经风走过来。

如今古稀翁姬，曲径扶将漫步。

俪影踏新苔，仰望苍云似幻，犹似雪皑皑。

初见这首词，就为一种"执子之手，与子偕老"的爱情所感动。这样的才女母亲，其子易英自然也是口才一流、理论一流、文章一流、绘画一流。才子多风流，风流是褒义词，风流不下流。易英是个有道德底线的人，偶尔写首歪诗打油诗，风趣幽默一把，讲讲鬼故事，吓吓胆小学生还是有的，罪大恶极的没有。

学问也好，画画也罢，有时候真的是讲究天赋的。易英的遗传基因好，是无疑的了。从小喜欢画连环画，恢复高考后，在母亲鼓励下，易英大量临摹画片。高考时，命题创作他凭着敏捷才思，画了幅"战船台"，画的是几个工人在船坞干活的场面，高分考入湖南师范大学美术系。分专业时，他央告老师进入了油画班，理由是自己基础不好，但外语比较好，将来也许可以研究西方美术史。真的是一语成谶，后来易英真的踏上了研究西方美术史之路，且一走就是 30 多年。然而进入油画专业 4 年的经历，让易英颇为受挫，每每写生易英都是"反面教材"。一次漓江边写生，为了给雾中的太阳画出距离感，对了，现在应该用专业点说是空间感，易英特地在前景上画了一棵树，遮挡太阳。这就是太阳挂在树梢上的来历。这件事，让易英耿耿经年，因此后来一直业余时间潜心画画写生，估计是要报这"一箭之仇"。有次他惋惜地说："要不我早就是一个著名油画家了。"不过，如果一切可以重来，那么就没有今天这个盖世的美术史论大家了。

易英的博学多才，通览天下，也许跟他与《世界美术》相伴 30 多年有关。创刊于 1978 年的《世界美术》杂志，主要系统介绍西方现代艺术流派。易英的大学毕业论文《走向全面解脱之路——西方现代艺术美学思想浅析》可以说就是受益于《世界美术》。后来报考邵大箴先生的西方美术史研究生，也是受《世界美术》的影响。再后来，易英边教学边主编《世界美术》，兢兢业业 30 多年，算得上资深的编辑型学者。在他主持下，《世界美术》立足中国艺术现实，放眼世界，追踪前沿，剖析经典，学术严谨，直追艺术本质。

很多时候，一个人的成就大小，除了天赋，更与勤奋有关。易英也如

2013年，易英在布鲁塞尔街头读书

此，他是个从不迟到只会晚退的人，即使会客谈话也是手不离键盘，不是写作就是翻译。因此，著作、译著等身。不列举自己去查。易英很有前瞻性，早年他写的《学院的黄昏》一书，曾经一度成为热门话题，并一直是学院教育转型的思考出口。

这一通介绍，看把我累的，我还是叫老易来得顺气顺口。声明一下，我们称易英为老易，并非没有尊崇之心，"老易"那是我们对先生的爱称，准备着再过些年，转变为"易老"。人前叫一声"易老师"是做给外人看的，显得我们尊师重道不失礼节。私下里，我们一口一个"老易"，男生更是勾肩搭背，拍肩挠头亲切得好比一帮顽皮娃娃跟"兄长哥们、阿姨老师"撒娇耍赖。

与老易在一起，你永远不会寂寞，他自己就是一本百科全书，上下五千年，天文地理，遗闻逸事无所不知、无所不晓，其实远远比百科全书有趣多了。他的思维发散，一个人物或建筑物或一棵树都能衍生出一部精彩跌宕的小说。一次他讲欧洲一个艺术家的故居，说，在哪哪下火车，再走多少多少里就到了，附近有什么树有什么建筑物，发生过什么有趣的故事，好像那个远在欧洲的小村子如沙盘在眼前，任由他信手指点。旁边有人问："你去过？"老易说："没有。但是我知道。"事实上，实情真的与老易的描述无出其右，足见其博闻强记的功夫真非普通人可比。

老易有趣，有趣到全身都是喜乐细胞。当年鲁迅笔下的账房先生看人时，眼睛从镜片上方看。老易与账房先生不一样，老易有范儿，上课前几分钟找课件，他坐在讲台上，双手撑着操作台，眼镜半挂在鼻尖上，下巴抬起 30 度，估计是预防眼镜滑掉下来吧，眼睛下垂，一点点在电脑上找。后来我们总结老易之所以课上得有趣，除了他的渊博和旁征博引之外，跟他湖南口音的语调有关，更妙绝的是他的惊叹词和表情配合得恰到好处。一个"哇"象声词一出口，眼睛瞪起来，表情入境，你且想象去吧。

有一次他把大艺术家徐冰请来讲座，开讲前，两人在讲台上低声交谈。我抓拍了一个镜头，并配上台词：

徐冰："天书、地书、儿童书都写完了，接下来我想写写人书。"

易英点头："这个有写头。嗯，你先说说构思！"

我把照片和配词拿给老易看，老易笑不拢嘴："这把我拍得也太难看了吧。"得，高大上的节奏了。

后记：

易英一直践行着"读万卷书行万里路"，手机里不时更新一些书的电子版，闲暇时间翻翻就看完了。每年他都带着学生去游历世界各大美术馆。年轻力壮的小伙子都吃不消，他依旧兴致勃勃地讲解，典章故事信手拈来。有一张照片，是 2013 年冬天，易英坐在布鲁塞尔街头，津津有味地阅读，暮色里的霞光笼罩着他。不知怎的，我的眼睛就酸热起来。

叶永青

1958 年出生于昆明，1982 年毕业于四川美术学院绘画系，现任四川美术学院教授，中国当代艺术研究院艺术总监，亚洲青年艺术现场艺术总监。曾在北京、上海、新加坡、英国伦敦、德国慕尼黑、德国奥格斯堡、美国西雅图等地举办个展。作品被中国美术馆等艺术机构收藏。荣获"2012 年度马爹利非凡艺术人物"。

叶永青，一个自称为时间穿行者的人，经常有人称他为现代艺术的云南总舵主。对此他只是摇头一笑而已。才情如他，智慧是哲人的简单。他总是伫立在时代的边缘，冷静地旁观着这条时间长河，然而河流总能在他的脚下打个旋涡。而他目注远方，追问着自己，追问着艺术的指向……

为甚来此

——追问vs叶永青

雾起的时候，听见远岸传来连绵的水声。而我的心里很是踟蹰，不知道究竟该要给你怎样的情感来回报这温柔……是否这样让我忘却禅意恩宠而回到被冬天的第一场雪所沐浴的家园？

——叶永青

见叶永青前，我发了一条微博："今天与叶帅有个约会！"叶帅之名，缘起于叶永青上学时，同学们之间的绰号戏谑，不承想竟然比叶永青的名头还响亮。后来，叶永青说，曾经有个懂易经八卦的人说，叶永青名字里木太多了，命中缺金，但是"帅"字里含金，因为兵器里含金多，正好弥补了五行中的金。冥冥中似乎注定他要统率一方，后来有人把他称为"云南现代艺术总舵主"。

在偏僻的乡下，到达了目的地。我坐在超市里等时间，此时电视里正在播放钱塘潮老盐仓回头潮，逆流而上的潮水排山倒海般袭来，激起20多米高的浪头。那阵势那声响穿透电视震撼着。时间指针指向2011年的那个午后，钱塘潮达到历史最高峰。

在叶永青宽大的工作室里逡巡，大大小小的《鸟》充满了大大的画室，或沉思或奋飞或踱步或觅食，姿态各异，横看竖看宛若脱却肉质的骨骼，荆棘般多刺而悲伤。叶永青走进来，光头、高个、大眼，间或一笑，笑容里竟然有一丝忧郁的味道。话题展开，口若悬河，滔滔不绝如钱塘之潮。只需要我稍稍提及，他发散的思维便天马行空般汇集而来。

然而年轻时的叶永青是个很敏感讷言的人。1958年清明节出生的他，骨子里的忧郁也许是与生俱来的吧。童年的记忆里，他永远是一个蹲在地上用粉笔和土块画马和士兵的幼小孤独、郁郁寡欢的背影。

叶永青曾说了一句话：“云南是失败者的天堂。”当时的语境当时的心情，对他而言，天堂就是能安安静静地舔伤、回味的地方。他说至今他所有的书都是在昆明读的，在北京他没有读过任何一本完整的书。

云南，历史上至今少数民族最多的一个地方，在这个地方生活的人很崇信神话。现实的云南人都很苦的。在昆明没有现实的艺术家受人追捧，真正的艺术家在人们眼中近乎神类似于妖近于仙，比如杨丽萍。在叶永青记忆中唯一的英雄人物是傅聪。当年傅聪回云南开音乐会，他在台上弹钢琴，台下坐满昔年的女粉丝，满头白发，手捧鲜花，热泪盈眶。

叶永青说，当你站在昆明大街上，阳光洒在你身上时，那种强烈的无力和无望让你满心悲凉。曾经那么美好的城市如今变得如此痛心。所以很多云南的艺术家那种悲凉绝望令自己自虐自戕。云南，这样一个看似散淡温和的地方，然而也是一个很极端的地方，这种矛盾和悲悯融汇在叶永青的血液里。

于是年长之后的叶永青，开始一年中有几个月在昆明度过。重新在山水间徜徉时，他发现迎风摇曳的桉树、寺庙里的壁画，一切一切都是那样地美，在原始质朴的文化里会得到净化和升华。然而，他说，明媚的阳光普照的时候，你依旧会有一种无望感。那么美好的东西一点点地消失，一点点泯灭，你却无力制止，那种绝望是刻骨的。

曾经游走世界的叶永青，那些经历都成为他记忆的财富。对他来说，回顾不是造塔竖碑。年初在黄桷坪展览中，他做了一个展览，是过去历史的再现。他没有与任何公司或机构合作，完完全全的非营利投入，他觉得唯有那样才能对得起自己曾经的岁月。当他打开昔年的家时，旧日的书信、作品、生活用品、只言片语，一切的一切都蒙满灰尘、发霉发黄变糟，一塌糊涂。然而那些东西不是死的，它们是有生命的。当你稍稍触碰，它们就会发热发烫，有了温度有了记忆，原来它们一直活在心底从未稍离。包

《逃逸的困惑》布面油画
89cm×60cm

《诗人散步》油画，1983 年，创作于
重庆。这时也是四川画派最盛的时候，
叶永青的想法与之格格不入

括他邀请参展的人也都是昔年的同窗好友邻居，都是那段历史的参与者和见证者。从一个旁观者的角度，这本身也是一种参与行为艺术的呈现。

于是当有人说他心细如发时，他摇头并不认同。因为他总是很无心的，很凌乱的。但是他性格中这种温和的凌乱，总是能在历史的一些节点打个旋涡。他总是在不经意间被冥冥中推到一个个风口浪尖。他曾经一直对艺术越来越小众的现状忧虑，然而他的一只《鸟》就这样无意中打破了小众的界限。

叶永青早年那只拍出 25 万的《鸟》，无意中与网络迎头撞上，也无意中成全了他创作的初衷。无论坊间内外对他的鸟如何诟病或误读，他笔下的鸟越来"鸟不是鸟"，而内心的笃定让一切都"非关鸟事"。其实他想以一种貌似无聊的方式告诉大众——艺术作品趋简单走形往好处说是返璞归真，说尖锐了就是绘画其实是陷阱，一些不值得画的作品为何要继续下去呢？失去地气的艺术之路只会越走越小众，越走路越窄。

他就是这样把最简单的作品，推到大众面前，让人们发生兴趣，对惯

《大鸟》
190cm×150cm

性轻轻打个问号。叶永青的问号都是温和的，完全没有当代艺术的锋利和尖锐。然而他心底依旧有着一种难以言说的情绪，仿佛历史和时间对自己当时的想法开了一个不大不小的玩笑。这种骨子里的孤独无望感，却不经意间成就了他的一些心愿。

"鸟不是鸟"，他曾如是说，颇有一种禅机在。他也一直说——越画越简单、越画越不画、越画越不像。他的意思是绘画其实是一种陷阱，一些不值得画的作品为什么要继续画下去呢。他曾经跟自己的女儿讨论艺术讨论作品，最后他们一致得出一个结论：争取不做无聊的艺术，所谓无聊就是没有想法没有意义。他觉得艺术还是要有属于自己的想法。因为艺术源于生活，只要还是一个活人，就要说一点人话。在当下艺术流于滥觞，每天面对庞杂、强大的大批量生产，这种清醒恰恰是最难能可贵的。

然而我心中一直固执地认为他的《鸟》是有出处的，我一直纠结在他绘画里对民族性的探索与挖掘。我一直觉得他这样一个内心有着文人担当的艺术家，不可能忽视艺术的民族根性而盲目地创作的。一日，在仰韶文化的一个陶缸上的图案《鹳鱼石斧缸》上，看到一只叼着鱼的鹳鸟，灰白色，嘴尖而长，长腿直立，眼睛大大的，几乎占据了整个头部大半部分，眼神似乎很专注地盯着什么。是水里的鱼，还是外界的人们？我马上把图片拍下来发给叶永青。至此，我彻底理解了他的鸟系列的艺术根源性和艺术的民族气质。

江苏常熟是国内唯一不通汽车的地方，却是赭石原产地。山上有个破山寺，寺门有副对联是大家耳熟能详的，就是"曲径通幽处，禅房花木深"。破山寺迎头一个大大的匾额，上书："为甚来此"。我当时有些战战兢兢地说："我是为一块赭石而来。"

闭上眼，我依旧能想起叶永青当时的神情，口若悬河的他那时有短暂的停顿，语气中有种虔诚的敬畏，那一刻的沉默很令人动容。而这段话也一直留在我记忆中，"为甚来此"？一句偈语，四个字，一语惊心，不啻于当头棒喝，醍醐灌顶。赭石的温和、禅机就已经蕴含其中了。

叶永青边说边用赭石颜料画了一幅小画，一只细脚伶仃的长嘴鸟站在草地上，画完后，他说："一只怪异的鸟孤独而忧伤地站在水草地上"，一笑。只是很多事情，都是在回忆中，会变得别有意味，给人以更多的解读。也许是加入了更多的个人感悟吧，当时我想他何尝不是如此潜意识的呢？

每个人来到世间，总在某个阶段会没有了方向感。于是很多人怀着窄窄的一颗心，拜倒佛前，求佛指点迷津。佛无语，但是佛座莲台的瓣瓣莲花写满悲悯。佛轻拈的兰花指，一指指自己内心，一指指向你，其他指向世界，其实已经告诉芸芸众生，内心与世界的诉求契合，就是悟了。而叶永青的艺术之旅，又怎一个悟字了得？！

2013 年初，看《时间日志——叶永青在大理》纪录片，开头一句话，让我泪奔。叶永青说："所有的旅行，其实就是去看世界。看世界，是为了看自己的内心。走得再远，也是为了回家。"人生就是一场旅行。走得越远，乡愁越浓。走得越远，思乡越切。时间和空间从来不是距离。是否在一个淡淡的午后，或午夜梦回，听见远方的呼唤，触动心底最脆弱的一根弦，乡愁就切近切远地呼吸。

2013 年春节，叶永青贺岁，录清贤士赵藩为叶永青曾外祖父撰联："君子所处有忍乃容，儒者属辞即和且平。"想起叶永青平和的处世态度，优美而含着清愁的文字，以及他总是可掬的笑容背后不经意间泄露出的一丝忧郁；想起他谈起过自己的青少年时期，似乎苍白到无望无力的文化氛围，那种无望无力感溶成骨子里的忧郁气质，宛如静夜里苍凉悠远的二胡。他这把行走的二胡曾经在精神上流浪过，只有回到云南，每到思想困顿纠结时，大理安静的山水和明丽的阳光才会抚慰他的伤痛，静静回味也变得别样风情。

游学经年后，叶永青重返故土，几乎所有的闲暇时光都在山水间游历，由开始的徜徉到后来的穿梭，一山一水一草一木，都给他生命以别样的感悟——那是身心的自然皈依。然而这些美好的草木、原始的建筑、壁画，却在一点点消失、远去。这个清愁的大个子，悲凉再度袭上心头。他每到一处都认真记录，尽可能做到详细，一个文人和艺术家的担当不可抑制地流露出来。是否当明媚的阳光洒在他身上时，那种无望无力的绝望感更加而刻骨呢？我没有问叶永青，我想一定是的。终究是一个人的地域气质是无法改变、与生俱来的，随着岁月的沉淀，更加淋漓尽致，更加纯粹归元。

转入赭石山水系列的初衷，在当下，是历史上的思山水的优雅消失的时代，没有了古人思山水的语境，今天的山水已经是仁者见仁智者见智的事情。于是，叶永青开始了赭石山水创作，关乎一些山水片段而非完整。

赭石系列里，叶永青把传统山水的魂剥离出来，然后以自己独特的视角把山水重新摆置，貌似怪异，然而细读，会心一笑，为他的智慧，为他的讽喻，接着你会有些莫名的感伤，为他的惆怅，为他身为艺术家的担当。

《仿吴镇芦花寒雁图》布面丙烯
400cm×150cm

叶永青笔下，山只寥寥几笔，依旧只是骨骼的简笔素描，树没有叶子，草没有汁液，鸟孤独地凝望着画面外的人们，一叶小舟似乎有些仓皇地寻找着岸。依旧丝丝缕缕渗透出蚀骨的清愁与忧伤。其实山水都在我们心里，一直都在浮沉荡漾，或深或浅！

其实，如果说生命是一场旅行，那么叶永青的行走是一种内心对艺术的修行，进一重一境界。从看山不是山，看水不是水到今日看山还是山，看水还是水，终究是艺术的民族根性无法忽视和绕过，它一直都在我们的骨血里，遑论艺术或其他。

回头看这些年他做的一系列展，从"涂个鸦""画个鸟""像不像""非关鸟事"到现在的"看山不是山"，他一直处于游离在中间地带的思考，对审美提出疑问。他一直不相信现在存在的现当代艺术都是艺术，他一直在讨论这种审美，他总是对惯常定性的思维模式打上一个轻轻的问号。

叶永青曾经说自己是一个"时间的穿行者"，他的人生分为几个阶段，生活在远方、生活在周围、生活在历史、生活在别处、生活在现在。他说其中最难的是生活在当下，生活在此时，我们真正要学习的是生活在今天。当下的美学也是明天更美好。当今时代的氛围是倒计时，对每一个人都有压力。每一个人都为明天而焦虑，每个人的恐惧也来自明天。有些人在拼命透支明天，有些人在拼命挖掘过去。当前的物质时代，各种市场化的制度都在吞噬着人们的生命。这次第，若能成为一个任性的人，对每一分钟有感觉，也许是最奢侈最艰难的。于叶永青而言，他可以适当地调整自己的时间，让自己在激荡的时代获得一份安静。这也许与他性格中的相对的独立和冷静有关。

有的人一辈子都在证明自己是一个好画家。叶永青说他没有必要这样做，他在20岁的时候就已经证明了。真正需要寻找的是用一辈子去寻找"叶永青"这三个字，需要追问"我是谁"。他说毕加索14岁、米罗30岁就已经证明自己是一个好画家了，然而在之后漫长的人生岁月，他们一直在苦苦地寻找谁是米罗，谁是毕加索？

千百年来，真正的艺术其实是一个哲学命题，"人为何？何为人？为何人？"

叶永青是谁？谁是叶永青？

朱青生

1957 年生于镇江，1982 年毕业于南京
师范大学美术系（学士），1985 年毕业
于中央美术学院美术史系外国美术史专业
（硕士），1995 年毕业于海德堡大学美术
史研究所（博士）。任教于中央美术学院
（1985—1986）和北京大学（1987 年
至今）。从事现代艺术创作，学术专业为
汉代美术研究。现任北京大学汉画研究所
所长、汉画研究主编。

只砚朱墨写青山，
潇潇春雨洒江天。
……

丹·青·人·生

——漫写朱青生

朱青生，初见这个名字，脑海就出现一幅画面：远山青黛，飞泉激溅，一介书生羌笛竹箫，挥毫泼墨，吟诗作赋。

朱青山何如？

"学贯东西"，彭德教授如是回复，简明扼要、惜字如金。慢慢翻看朱青生文章，他的形象渐渐清晰——黑边眼镜、睿智成熟、魁伟风度、含笑内敛、儒雅深刻……

丹·青

朱青生，三个字本身就山清水秀、钟灵毓秀，令人怀疑他温润儒雅的气质是否跟出生在镇江，受教育在南京有关呢？清雅古朴、厚重环境的熏陶让他骨子里流淌着古典风情，散发着诗书风雅。

生于知识分子家庭，自小沉迷于艺术。中学时就给自己划定了一条路线，即美术史家学者、哲学家、社会学家。最初的年少轻狂并非童言无忌的天真戏言。回顾他走过的路从未稍离这条人生轨迹，这份执着令人感叹"有志者事竟成"绝非虚妄之语。南京师范大学油画专业毕业，中央美术学院深造美术史，留学德国六年攻哲学，归国在北大任教。成立汉画研究所，投身先锋艺术。学者的内涵和外延在他身上得到最好的诠释。

朱青生

朱青生是中国美术批评界公认的才子。20 世纪 80 年代，他的才华和学识，犹一股清风刮过当时沉闷的艺坛，令人耳目一新。"85 新潮"能成为一种文化启蒙，朱青生功不可没，然而他更注重思想启蒙本身，并不在意荣誉。基于对新潮美术见解不同，他缺席 89 中国现代艺术展。他觉得总结"85 新潮"为时过早，应该关注将其成果稳步有效推进。他认为 20 世纪 80 年代新潮美术运动刚刚拉开序幕，任重道远，他觉得应该把西方的现代性移植本土并培植出自己独属的现代艺术。于是他远赴德国留学，他说："博伊斯我来了。"

20 世纪 90 年代以来，朱青生一直在研究实验水墨和现代书法。他曾经做过一次真正的实验性表演——在怀柔的山中，小溪，茅屋，两个江南水乡人朱青生和张维良，江南的丝竹书画，蓑衣斗笠。那是一次雅集箫、笛、书、绢的"复古"。箫吹而无音，只是和着山石间水流的激荡，若有若无地吹；白绢浸在山溪中，诗写在绢上。绢披在磐石之上可以有墨迹，而绢沉在溪底时只能写在水里，水不断地流过，带着墨，洗过绢，最后无字，字都被水冲走了。有人、有笔、有墨、有箫，然而却是一种刺破古意的虚无，用箫声、水墨和书法来探索"我们是谁"。

书生·意气

在北大，朱青生永远是一道靓丽的风景。北大艺术史课堂的风采来自朱青生的风采。永远都在大教室，永远都是可容 500 人的座位最后挤进的是 800 人，窗台上过道里，人满为患。而他总是微微含笑站在讲台上，逸兴横飞，带着听众神游，在烛光里看希腊雕像，从印象派到 POP 艺术，从希腊到罗马，从古诗词隐含的典故到拉丁词根的衍生，从中国写意山水到野兽派……时间在先生妙语如珠中不经意飞逝，下课的铃声让听众恍然回到现实中，继而团团围住先生。朱青生在课堂中所展示的深厚的学识和对课堂情绪的有效把握定格成一届届学生对美院生活的美好回忆。

先生在课堂上用"机缘""生命的交流"来感召，课余口传心授日常规范中的"科学、理想"的大学理念。他这些充满长者亲切关怀，语气平和实用的信件在学生间流传，四年后被有心人搜集整理出版。这本封面鲜红，10 万字 32 开的小书《十九札》三次再版。内容基本都关乎学术的规范性，旨在探讨与学术有关的人格。信札里的点滴故事，闪耀着智慧和理性的光辉，蕴含着朱青生对艺术、科学、大学、知识分子、自我等更深刻的追问和反思。从一封封或清正平和或宽容单纯或犀利深刻的信件中，我们看到了一个真正的学者的忧思和责任。

这份责任心使命感源于自小母亲的言传身教和潜移默化。朱青生的母亲是一名中学教师，一辈子没有请过一天假，送父亲手术，照顾瘫痪外婆，都从来没有迟到过。母亲永远奔跑在路上的身影，那份负载万代的师心时时鞭策着先生。先生常常剖析自己是"文革"后第一批大学生，时代的命运，现实的打磨，时光的蹉跎，让自己先天匮乏后天失调前程有限，故而只有加倍努力。"常常怅看天下风起云涌，空有其心而已，然后只有拼命、变本加厉地教学生。"已届中年的朱青生，经年与家人中德两地牛郎织女。只身在北大四壁图书的 10 多平方米的小屋，枕边手头放着第六国语言生字本。想到"北大"，想到"中坚"，先生总有忧心在，于是"常常中夜起坐，不能入眠"。朱青生这样说的时候，有长久的停顿和沉默，有种无言的忧愁如烟弥漫。

"人生百年苦，何不秉烛游"。几年前在南方的一次当代艺术展，朱青生展出一组装置作品，名为《沐照及自明》。黑暗的房间，中央悬挂遮罩的一盏大灯，地面满天星熠熠闪光。也许这能恰好体现他为人师的一份责任和自省。心灵的明灯是前行的路标。这位留洋博士，会六国语言的教授，孜孜好学，至今旁听了 20 多门课，像个本科生一样，选课、听讲、记笔记，"甚至课下还要问问题"。这不是作秀。中国方术学者李零先生类似天书的课上，朱青生像一名学生认真地听着李先生关于帛书的历史性介绍并认真做笔记。朱青生的专著《将军门神起源研究——论误解与成形》参考了李零先生的相关材料。他对李先生的成果在中国美术史研究方面的价值颇为看重。

"朱青生圈子",这个圈子从本科生到博士,从本校到外地,涵盖不同专业跨越不同领域。这个充满严谨治学和诗意生活的圈子的中心就是朱青生。这个圈子的凝聚力用"圈中人"的话说是"共同地对精神生活的向往和践行","日益孤独而平淡的校园里残存梦想的放大、展开和飞翔"。于我观来,应是朱青生的人格魅力和人性光辉使然。

朱青生喜欢和学生在一起,谈学习、谈生活、谈做人,说到肚子饿了,就请学生去吃饭。朱青生喝酒不抽烟,酒后,在未名湖畔闲聊,朗月疏星,绿荫清风。京郊怀柔的小房子,朱青生会给学生进行"头脑风暴式"的讲座,出口成章、精彩绝伦。工作之余,跟学生一起在山中长时间漫步,身边是山风、虫鸣、流水……学生毕业时晚宴,朱青生会情不自禁亲自演练,告诉学生如何就座,怎么喝汤,怎样执匙……

在怀柔乡间小屋前有两块一人多高雪白的石头,这是一个浪漫的约定和执着的守望。1998年秋天,朱青生和他的学生们相约,20年后的今天,学成归来有心有意有力者,再聚首此处,把石头漆红,把姓名刻下——为了合作写一部更现代更全面的《艺术史》。这个约定志存高远又浪漫温馨,也许是给师生曾经骈首砥足磨砺温情的岁月画一个圆满的句号。而这十几年间,朱青生在花木扶疏的燕南园64号院忙碌,在世界各地穿梭,他在从容地描绘自己的人生,时而从忙碌中抽离,反观自省,继而顽强地前行。

自己的大学

21世纪初,北大改革,从"裁员增效"到"大学性质",从知识分子到责任使命,诸如此类名词不断被提起、被诘问、被探讨、被牢骚、被畅想。然而有一个人在这样的境遇乃至这个时代的语境下,温和地坚守,顽强地前进,执着地寻求,这个人的状态和从容成为范本,这个人就是朱青生。

80年代在中央美院执教的朱青生就开始思考"大学性质",经历了调动北大,德国读博,北大经年坚守教育。蹚过现实龌龊的河,经历过四处碰壁的朱青生温和而坚定地坚持着自己的理想。选择寂寞的基础教育工作,把实现理想的途径寄希望于"引领学生、寄望后来"。同时坚持专业图像数据库建设，仔细核对每一块汉代画像资料遗存。探究艺术史观念根本，坚持不懈地质疑求证，为现代艺术进行解读。

这个曾经为一个学生的专业教室，拿着校长批件去"有关部门"谈话22次的教授，这个为艺术史专业藏书不过2000册的讶异怅然的学者，这个为大学并非象牙塔只是社会缩影充满无奈却善解人意的教育家，这个为挽留人才陈嘉映教授情急致信校长满怀惆怅拳拳之心的先生，这个1998年和2002年两度被北大全校学生选为"最受学生爱戴的十佳教师"的教育工作者，这个生活在自己建设的世界里的顽固理想主义者，带携他十几年来5000余名学生开始建设"我们自己的大学"——理性精神、反省能力、高尚的智慧、无私的温存、开张的心怀、完整的人生、审慎的严谨、谦逊的态度、怀疑的头脑、缜密的设计、创新的敏锐、艰苦的坚持、顽强的进取……

从1985年开始教授《艺术史》，朱青生一直坚守着，并让它成为北大的风采。同一门课，他不认为是简单重复。后来他把关于"现代艺术"的系列讲座记录整理修订成一部专著《没有人是艺术家，也没有人不是艺术家》，书中审慎解释自己的著作不尽完善之处，坦率陈述著作中存在的逻辑及概念问题。该著作全书蔓延着一个教师平等开阔的胸怀——相当篇幅刊载着他与学生的对话。

朱青生幽默风趣，坊间流传着不少关于他的段子，不外关乎他真实坦诚的人生态度。我以一个圈外人的角度看朱青生的"自己的大学"圈子，就是他以自己的言行举止感召人们对真善美的渴求和触摸，以自己的研究和探讨，让人懂得艺术本身就是一种宽容和感恩。

乡愁·漆山

2011年1月8日，朱青生"漆山22年文献展"开幕。展场内外触目的是满眼的红，似流动的红河水，似汩汩鲜血，从房顶一直流淌到路边。刺目的红，令人心悸。深冬寒寒的风清凌凌穿过，温度似有瞬间的冰冷凝住。

整个展场并没有什么作品，有的只是文献资料、读书笔记、效果图片、思想经历和心路历程。与其说是展览，不如说是观念演绎——把抽象的艺术思想演绎成文字和图片的解说。在解说中灌输一种意识，一种警醒，一种呼告，一种悲悯，一种……对，一种乡愁，一种不同于凡俗的乡愁。那是对生态原乡的怀念，对文明进化的讨伐，对野蛮滥觞的愤怒，对和谐优美的向往，对人性悲悯的呼唤。

在一页页枯黄的页面里，从涂改的笔记里，在一次次行为中，我们看到朱青生那一双冷静睿智而含笑意的眼睛，那温和的笑意背后带着普度的佛性，承载着他江南水乡童年的记忆，蕴含着他感怀于心于昔日江南的钟灵毓秀，萦绕着他对远逝的水墨故园的缅怀。

大千世界，关注环境者比比皆是，然而二十余载坚持不懈，持之以恒的却未必多见。朱青生在寻找一种方式，寻找一种能让人们真正从内心深处自省、自觉、自发地去保护自然、爱护环境，营造一个真正的世外桃源的方法，真正做到自然、天然、本然的和谐统一。

佛说，度人者必先自度。朱青生亦然。1988 年，北大一个小小的院落，一棵枯树直刺苍穹，它也许有过青葱的繁华，有过绿荫萋萋的时日，然而它已枯败，没有丝毫生机。朱青生长时间对着枯树沉思，然后在树上绑上许多漆红的瓶子。那一个个红色的瓶子是朱青生的泪还是枯树曾经的血泪呢？而后，数年时间，朱青生不间断地种植藤蔓。藤蔓携裹着红瓶子攀爬、蔓延、生长，万绿丛中点点红，别有一番韵味。然而，在一个月朗星稀的夜晚，枯树轰然倒下，藤蔓也委顿一地。惊起，朱青生的内心如藤蔓，肆意生长。

史上元代赵孟頫有一幅名画《鹊华秋色图》，一派江南山水气象，清透纯净。然而那景色只能是一幅画，一幅遥远不可及的梦和记忆。而今的鹊山已是灰秃秃一片，自然是拜人类文明副产品污染所赐。朱青生忧心之余，欲把鹊山漆成红色，与周围融合成一景。虽没有实施计划的机会，然而，观念艺术和自然雕塑的思想却成就一体系。

朱青生的展览全名是"漆山文献展：朱青生22年漆山档案"。漆红是主角。效果图中，红山竟是山岚绿水间一点朱红，恰似水墨丹青中一枚朱印。美哉背后，如血的红色又警醒着人类对自然敬畏，对自然拜祭。这自然的变故，这人为的掠夺，冥冥中有一双神奇的手在操纵，自然破坏的后果，首当其冲的依旧是贪婪的人类。朱青生，从改造自然的奇景中，用放大、定格、逆反的逻辑让人们重新思考、自省、参悟，从而思考如何真正做到自然与人类的和谐。

"漆山，交流的文献"展，2012 年

798 艺术区的红石广场，已经成为一个地标式景观。广场之前的名字几乎已经被人淡忘。这三个叠加起的漆成红色的石头搭建的图像象征意义，似乎也渐渐被人忽略。随处可见的是一道艺术区景观，留念的、拍婚纱照的比比皆是。而这三块红石头，是 2007 年朱青生参加 798 的一个环境展，他从山中取来石头并漆成红色，在展场外面架构出中世纪时代的"石墓"，诡异中透着神奇。而今，已是 798 艺术区景观的红石广场，游客在留影中是否会触摸红石背后的故事？是否会追寻红石走来的轨迹呢？是否会想此景将来一天会处处皆如斯呢？若真如是，想想都觉得可怕可怖。若真如是，朱青生的红色怕会不幸言中。

关于红石广场，还有一个插曲。在朱青生最初漆石之后，北大中文系的一个杨姓女生要以自杀抗议漆山计划，说红漆会杀死小虫子。于是，朱青生有一段时间很紧张，派人一面看着这个女生，一面不断去 798 洗石头，以便尽早把漆洗掉。有一次，朱青生发现有几对小虫子在红石上爬行。开心激动的朱青生马上让随行的同事拍摄记录。结果，那个同事太激动了，把相机的开关机键搞反了。拍摄时在关机，放下时就开机，于是记录下来的都是朱青生在地上走来走去的脚。但是让朱青生开心的是，虽然大众并不知红石广场的来历，但是每当人们问路时以红石广场为地标时，他心中就很得意："我们都跟那些虫子是一样的。"

结语

艺术，从来是仁者见仁智者见智。但凡能启迪心智，就不愧对"艺术"二字。突然想起他一句经典："没有人是艺术家，也没有人不是艺术家"。其实很想在北大容纳 500 人却容纳 800 人的大教室，听朱青生脸带笑意地讲翡冷翠，看他拿着话筒指点幻灯片里的提香、丢勒的名画。很想看先生书法水墨的酣畅淋漓，很想听他吹笛弄箫，很想，很想……

行文至此，没来由突然想起一副楹联："庭有余香，榭草郑蓝燕桂树；家无别况，唐诗晋字汉文章。"那份古典之美——一管羌笛，丹桂飘香，宣纸徽墨，余香绕庭……

补记：

朱青生，曾经写过一个匾："不为艺术不为非艺术"，典型的艺术写作，至于句读断句衍生出很多意义，趣味背后其实包涵很多哲学的问题。我问他，对中国水墨如何看，他说不怎么看，他认为中国水墨其实是一种精神，当下的水墨是缺乏原创性原发性的，这使他感到无比忧虑。我又问他，对他身上的中国古典文学气质如何看，他又极力否认。但是他提到他曾经对一个苏州评弹弹词当场修改的平仄合辙押韵时，依旧割除不掉的文人气质迂回婉转其中，尽管他玩笑说是为了显得博学以对得起北大教授的身份而已，尽管他一身德国学派的条理清晰逻辑严谨。

有一次朱青生在中央美院讲座，讲他对吴作人的学术梳理方法。讲到吴作人的前妻，比利时姑娘李娜，因抗战时期颠沛流离过早病逝。时隔 70 年后，当朱青生在法国凡尔赛宫做吴作人文献展时，在比利时竟然没有查到有关李娜的任何文字资料。说到此，朱青生哽咽难言，令人肃然动容。

骨子里的东西，终究注定要伴随终生的。

卷珠帘

总愿把琴调留驻，相对陶然。清韵有似无。
山水一碧春方半，亭榭浅墨渐清新，
飞絮唤来燕同驻。
风竹湘帘，疏萤临绣户。
夜半梧桐细雨处，云字漫卷蒹葭浦！

——贺疆

方晓风

1969年5月生人。清华大学美术学院教授，《装饰》杂志主编。2007年度获清华大学"学术新人奖"，《建筑风语》获选为2007年度"中国最美的书"。著有《建筑风语》《写在前面》《清代北京宫廷宗教建筑》。翻译McGraw-Hill《建筑设计数据手册》，参与编写《为中国而设计——境外设计二十年》、《材料悟语——装饰材料应用与研究》、《环艺教与学》第一辑（主编）、《东华图志》（东城区文物史迹录）等。

风是否可爱
要问低首的黑脸书生
瓦砾故纸中神游至今
不懂得眉眼
只把那清词小唱
化为屋后的流水潺潺

——方晓风

装饰散文体
——方晓风之风言风语

"说上海人不像上海人是对上海人最大的褒奖。"

方晓风慢条斯理地说这话时，四月早春的阳光透过百叶窗在他的胡子上跳跃，眯在镜片后面的眼睛泛着微笑的亮光，一闪一闪地。

初闻风声

最早知道方晓风是无意中看到一篇文章《建筑·女人》，文章并不长，作者把建筑装饰比作女人妆容，可简可繁可浓可淡，更有背后的门第出身等社会、文化与历史等知识蕴含其中。短小精悍，行文晓畅，言语幽默，氛围轻松，视角独特但又不失犀利和深刻，一反建筑理论的刻板与冷硬。令我这不懂建筑的人也读后莞尔，端得是灵透而智慧。当时就记住了方晓风这个名字。

这算是先闻其声。初识其人，是在一次建筑史讲座上。方晓风站在讲台上，高高大大的，说话慢慢的。上下五千年古今中外著名建筑，一一点评，典章故事信手拈来，而历史这个时间线索一直迂回其中。大胡子上面的嘴巴有条不紊地开合，却时不时地蹦出一句诙谐语言，引得满堂彩，这时的他就会咧嘴一笑，顿时一张并不太富于表情的脸天真活泼起来。对，就是天真。

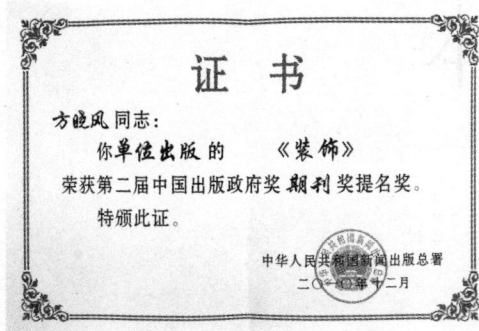

证书

方晓风 同志：

你单位出版的 　《装饰》

荣获第二届中国出版政府奖 期刊奖提名奖。

特颁此证。

中华人民共和国新闻出版总署

二〇一四年十二月

《装饰》杂志获得荣誉

再读方晓风，是在《装饰》杂志。在几乎所有的学院学术期刊中，《装饰》杂志可谓独领风骚。说它一枝独秀，是因为多数学术刊物，基本是一张面孔，表情冷漠而故作高傲，而实际上门槛低到以货易文，好比菜市场论价称菜，满是市井烟火气。满纸充斥的冗长论文，言语晦涩、品质良莠倒在其次，最主要的是没有一个刊物自己清晰的面貌特征才是最大悲哀。联想到方晓风那篇《建筑·女人》的妙比，如出一辙。想来，方晓风主编《装饰》杂志，也是想保留自己的一点纯真天性，故而杂志做得风生水起，有声有色，知识性、趣味性、学术性融为一体，可读性极强。每一个专题都是以点带面，形成一个庞大的知识和理论架构。我一直觉得学院的论文走入了怪圈，一旦失却了学术本真也就失去了趣味。记得曾经有一位移居新西兰的大艺术家，跟我讲他在那里的生活，说早餐吃一个奇异果，边说边比画奇异果长什么模样，有多大有多好吃，并探过头极认真地问我："奇异果知道吧？"我微笑，心说不就是猕猴桃嘛。诸如此类，在学术界比比皆是。

正式与方晓风对话，是今年早春四月，新绿爬上枝头。两次对话，每一次时间都不知不觉中过去了三个小时，却犹感意犹未尽。说是对话，其实是听一个博学人漫谈，不必拘泥于一个问题，只听就足够。教学、工作、游历、人生……拉拉杂杂，却闪烁着智慧的灵光，听着听着我就有种回到古龙小说里的感觉，怎一个侠骨柔肠剑胆琴心了得。最重要的是，方晓风是个文人，一个不折不扣的文人，他骨子里是楚辞离骚唐宋散文，所以书卷气是必须的，因此古老小说里的侠客的最高境界往往是书卷的味道消弭了杀伐气。

归来后，慢慢翻看他的《写在前面》的素稿，从 2007 年至 2014 年的每一期《装饰》杂志的卷首语。千字小文，语言干净利落，主题明晰，最佩服的是他旁征博引却收放自如的写法。纵使放在文学界，这样的文风绝不输于任何一个散文大家。这就是理科生与文科生的区别，理科生严谨，文科生浪漫。理科生一旦兼具文学等身，那真是了不得。除了素养，还有潜意识里的逻辑和条理清晰的思绪，纵你天马行空，我有一缰在手。而文学家往往宜放难收，理不清时，用辞藻堆砌，绕到你晕为止。有时候我想，这是否应该是一种现象，是否跟清华的气质有关，钱学森、陈省身、侯仁之、杨绛、黄万里，莫不如此。读书工作在这样的一个底蕴和氛围中的方晓风，如此也就顺理成章了。

我问方晓风，怎么可以做到语言如此干净。方晓风说得益于小学和初中老师，以及父亲的教诲，行文中嗯嗯啊啊拖泥带水之类早早就驱逐出了他的思维逻辑。这种潜移默化，也体现在方晓风为人父上。方家公子尚在襁褓中时，方晓风每天朗诵韦应物的《调笑令》，小小幼童就熟记诗词，出口成章，判断建筑美丑常常一语中的。而今昔年的方公子已经长大成才，每逢方晓风有讲座，只要有时间，必去捧场，点评一二，方晓风听来无比受用。方氏父子相处方式，颇有魏晋之风，令人羡煞。

装饰风言

在电脑上一篇篇阅读《写在前面》的文字，时间在 2009 年 2 月刊开始，文字视图比例突然变成 200%，满屏的大字。我愣在那里，莫名感动，视线有些模糊。只有长期伏案文字工作的人才懂得这份辛苦。视力下降背后的呕心沥血，作为一家杂志主心骨，时间心力都是无形地消耗在一本杂志上。皓发白首兀兀穷年的价值也就体现在此，这是一份事业，更是一份坚守。

一本刊物，往往反映的是相伴的历史进程，可视为一个时代的缩影，也可看作一个历史的见证，文献史料与学术探讨并重，价值彰显。尤其《装饰》这个关注人们日常生活中"衣、食、住、行"方方面面的杂志。《装饰》杂志，创刊于1958年。创刊号的印数是2500册，第2期的印数即达到20000册，足以反映该刊符合人们的审美需求。《装饰》4年后停刊，1980年复刊。2007年1月，接力棒交到了方晓风的手上。从此，方晓风执掌时代的《装饰》开启了一个全新的媒体时代，它的中心依旧是艺术设计领域，兼顾其他，常常是围绕某一个艺术设计呈发散思维状，多维度多层次解读，抽丝剥茧般，而时间历史人文贯串其间，我称之为装饰散文体。

为何？

"《装饰》的价值在于'忠'和'诚'两个字。'忠'是始终坚持办刊的宗旨，未曾游移，举目高处参与塑造国家形象，平常处关注日用民生，长远处则对设计教育坚持开放的心态，介绍国外成果、理论动向，同时不忘中国的传统根基；不唯庙堂之声，亦有民间异彩。'诚'是《装饰》的作者和编辑们都有问题意识，秉笔直书，有感而发，少有虚饰之文，多对时弊针砭。这两项核心价值的存在，使《装饰》成为研究新中国现代设计发展的重要载体……"（方晓风《写在前面》，2008年增刊）

上任伊始，适逢 2007 年四月早春。方晓风在卷首语中说，陈词不可怕，滥调可畏。他把陈词比作音符，曲调如果是滥调，就意味着创作力的丧失和懈怠的态度。陈词滥调新解，颇为新颖。四月的春意在遒劲老树上冒出嫩嫩的新芽，令善感的方晓风无言感动。天地无言，四时无言，轮回无言。自然如此，那么能言善道的人以及必须言之有物的刊物，又该说什么？如何说？已然成为一个办刊人无法回避的基本命题。他思考，他反思，他忧虑，他希望。

也就是从那一期开始，方晓风定下了《装饰》的方针——每期策划一个或若干个专题，针对艺术设计领域的热点问题进行展示、思考和探讨解决之道。参与话题的并不拘泥于本建筑装饰行业，而是扩展到音乐、美术、服饰、文学、历史、社会学、哲学，几乎涵盖了建筑设计和艺术等各种学科和领域，多种声音、多极解读、多元视点，宛若思想激流中激荡出的朵朵浪花。触角之广，角度之多维，问题之深度，这才是真正的大视野、大心胸、大格局、大艺术，这才是真正的百家争鸣、百花齐放。《装饰》杂志在他带领下，迅速成为公认的综合性专业学术期刊，傲视期刊界。

很多时候，"心有多大世界就有多大"是真的。接掌伊始，方晓风就明确一个刊物的立身之本就是要有问题意识和文化历史的思考。正因此，他并不仅仅局限于办好一本刊物，他更关注的是如何让一本刊物发出振聋发聩的声音。艺术，应立足本土的文化和历史，唯此，才是泉水清如许。2008年为纪念《装饰》创刊50周年，他策划了"装饰·中国路——新中国设计文献展"。2009年他策划的"艺之维新——清华大学美术学院邀请展"，着重展现中国设计传统中的文人文化。在业界反响之热烈，可以想见，不做赘述。

建筑风语

方晓风骨子里就是一个文人，有着文人的一股执拗和倔强。近年来，建筑设计逃不过涂脂抹粉的作秀。如果真是娱乐影视里的一场秀倒也罢了，可是如果以娱乐态度娱乐历史娱乐文化，总是令建筑史出身的方晓风心有戚戚焉。当年他的博士论文就是《清代北京宫廷宗教建筑研究》，对圆明园是下过大力气研究的，这在全国也数不过几个人来。曾经一度有人提议重建圆明园，方晓风旗帜鲜明地反对，他说中国是个缺乏历史感的国家，因为大多数人缺乏对历史应有的尊重。无论重建理由多么冠冕堂皇，都掩饰不住背后赤裸裸的逐利动机。假终究是假，哪怕足以乱真。最可悲、最可怕的是假做真时，历史就被彻底消解殆尽。掷地有声的言辞，读来凛然一身冷汗。试想，如果一个国家一个民族连自己的文化遗产都没有了，那才真的是文化的沦丧。

是的，历史是有空间的，文化也是有空间的，建筑设计尤其如此。而这个文化空间和历史空间的载体，是基于人类的信仰。这种信仰，是一个社会共同体的价值认同和心理认同。只有一个民族真正懂得文化的价值并尊重文化，而不是拿金钱来衡量文化价值时，才是最值得尊重的民族，民族的真正崛起也就只是时间问题。信仰是什么，信仰是一种敬畏心，是人类对源初的一种皈依，一种情感，它渗透在文字、声音、建筑、衣食住行

方晓风主持设计的杭州西湖雷峰塔新塔设计工程

等各社会层面，通过各种各样的介质和姿态传达出来。

作为清华大学美术学院环境艺术设计专业教授，方晓风在建筑和设计方面的行文总是不期然地注入一份诗性。枯燥的建筑理论在他干净舒服的文字里婉约温情，充满画面感。偶尔看见他也写诗作词，很难说是唐宋诗词体，也很难与时下流行的现代诗歌类属。他非诗人，却又是诗人，盖因为他懂得诗性在于内心的自由与畅达，意境有了，语言材料架构就可以随性架构了。于此，少了条条框框束缚，自成一家之言的诗词行文甚是清新。想汉乐府诗，哪个非要要求辙韵来，唱出我心声才是正道。在这点上，方晓风也确实无意中追了古问了真。古人云："返璞归真，终身不辱。"信然！

心中有诗，平淡日子里的油盐酱醋茶都充满诗情画意。而这种诗性却总带着一种阳刚和朴略，层次丰富，大处大开大合，有大手笔的干脆气魄，细部曲折多姿，温暖而多情，与建筑的大宜简小须繁之理可谓参考证印。文艺与建筑，从来互为邻里，彼此投影，呼吸相闻。

一直觉得，师从方晓风，当是人生幸事。他对于建筑和设计领域深刻广博的见解，并由这一基点而生发出包含城市规划、中外建筑和园林设计等一系列相互融会贯通的知识体系，包容历史、文化、音乐、市井等层面。虽一个人的模式不可复制，但能受其熏陶当是幸运。他主持设计的杭州西湖雷峰塔新塔设计工程项目，充分尊重古塔遗址，并在其内部功能和外观形象上适度合理地外延，既彰显了古塔的千年文化底蕴，又满足了人们集体的心理需求和记忆认同。

风式散文

两次访谈，时间是 2014 年的初春，新绿初妆，落笔时却已近深秋，红叶满山，这恐怕是我跨度最长的一篇文章。其间一直慢慢翻看他的《建筑风语》，愈读愈心怯愈难以下笔。唯恐自己的浅白无法勾勒出他的悠长。近日翻看他发给我的图片资料，岁月一如既往地保持着本色，却多了几分思想赋予他的优雅。生活不外乎某种情怀，写出来也是一种生命的表达。方晓风在建筑与《装饰》的空间里荼蘼着时光，我在局外观之，慢慢勾画他的精神意境。都是一种愉悦。

犹记得，对话不久，他在北大开讲《此岸彼岸——清代北京宫廷宗教建筑漫谈》，我去旁听。清华路口总是堵车，迟到十分钟。枯燥的建筑理论和建筑实例，在他散漫随性的故事里流转生动起来，并不枯燥。散珠般的各地建筑内涵，讲到最后一拎就串起来，完整的散中始终有根线，除了理论的系统完整，更有他对建筑设计的热爱与激情，一场漫谈的讲座如一篇散文，他讲得直抒胸臆，我们听得酣畅淋漓。

人生亦如一篇散文，于人，又何尝不是。

散文之况味，悠然而心长，是为真谛！

范竟马

1958 年生人。毕业于中央音乐学院,深造于茱莉亚音乐学院歌剧中心。多次获得世界大奖。范竟马曾在 40 多部歌剧、交响乐及宗教曲目中,担纲男主角。

1990 年,在美国罗德岛国际音乐节举办独唱音乐会。

2002 年 11 月,在北京保利剧院举办独唱音乐会。

2004 年底,在北京音乐厅举办北京新年独唱音乐会。

2003 年 11 月 2 日,在华盛顿肯尼迪艺术中心的音乐大厅举办独唱音乐会。

诗人阿坚的一句诗:"你在土著寨子里长大的身体像长工,可你的歌声却像伯爵。"好像天生就是为范竟马而写的。T 恤、沙滩裤、双肩背、自行车,扔在人堆里不起眼的范竟马,却是"近十年来欧洲罕见的男高音"(多明戈语),他从容游弋在英法德意俄五种语言中,自如地演唱,这五个国家的人都认为他是纯正地道的土著居民。而范竟马,祖籍无锡,生于重庆,长于凉山。自幼受学养深厚父母的熏陶,习提琴、擅绘画,更受家中老唱片的影响,崇拜并模仿意大利美声宗师卡鲁索与吉利的歌唱,先后师从兰幼青、沈湘、意大利男高音歌唱家科莱里。而今的范竟马,致力于中国的"雅歌"音乐,他的音乐理想,也是国人的音乐理想。他常常戏言自己不善于表演,常常迷失在音乐里。而,这种迷醉,却充满了思考的力量。

怒马啸秋风

——范竞马侧记

记得早年中学课本上有一篇刘鹗的《明湖居听书》，对黑妞、白妞的说唱艺术刻画得入骨入髓。黑妞的嗓音已是"字字清脆，声声婉转，新莺出谷，乳燕归巢"。而白妞手中的梨花筒似乎都通晓五音十二律，白妞一开口，入耳妙境迭出。白妞唱到高处如钢丝直穿云霄，然后百折千回地低回婉转到虚无，犹如"花坞春晓，好鸟乱鸣"。这般的妙音总是令人生出无数遐想。古人所谓绕梁三日，孔子所云"三月不知肉味"，盖如斯吧。

童年的记忆中，街头坊间的草台班子、春节年会的土戏台，让我的确也过了把耳瘾。但是总觉得似乎都没有刘鹗笔下的感觉。随着年龄的增长，随着时代的发展，这种人声演绎似乎越来越罕见。

但是就在中秋夜，一曲意大利经典歌剧《负心的人》（Core Ngrato），令我震撼，那一刻，似乎只有一种高亢、悲凉的声音在深蓝的夜空中自由地伸展，而事实是仅仅一厅、一琴、一人而已。钢琴缓缓流淌出平和的前奏，不疾不徐的两句唱词。之后，突然琴声和歌声有了起伏和哀怨，然而依旧不激烈，似乎只是舒一口气，散一散心中的忧郁。再度平缓的钢琴演奏，依旧平和的歌声。宛若一个内敛胸襟的气度男子，用优雅、稳定、理智的语气平静诉说着曾经的炽热情感的爱情故事。终于，终于，到最后，一声悠长悠长的高音，似乍破银瓶激昂而出，那是一种怎样的悲怆长调，经历了炽热情感的苦痛挣扎之后的凄怆长啸。此刻，歌者平展出双臂的姿势，以至于许久以后，每每回味那歌声，总有一种感觉，像一只大雁平展着翅膀在蓝天白云下滑翔、静止，随即钻云而去。

　　真正的人声演唱已是多年未曾听。这一曲天外清音，给静寂的中秋夜抹上一层清幽的色彩。而演唱这令人如痴如醉歌声的人就是男高音歌唱家范竞马。这个被多明戈誉为"近十年来欧洲罕见的男高音"，被英国BBC评为"拥有与帕瓦罗蒂和传奇人物吉利一样迷人的歌喉"，这个能用娴熟地运用英法德意俄五种语言来演唱的中年男人，却朴实憨厚得仿佛邻家大哥哥。简单的T恤、沙滩大短裤、旅游鞋、双肩带背包，里面永远装着电脑、相机，随时就会骑上心爱的自行车出行。见过范竞马本人的人都会莞尔会心一笑，因为那是肯定想到了诗人阿坚的诗："你在土著寨子里长大的身体像长工，可你的歌声却像伯爵。"即便是日常生活中，范竞马的声音仿佛每一个字每一个音节都好像是从腹腔发出来的，浑厚、透亮、磁性，有种共鸣的微震感。

　　提起他的身材，他嘿嘿一笑："那时候，父母都在挨斗，我一个人带着两个妹妹生活。你要生活啊，所以就扛木头、挑担子。好在父母心疼我，把我送去体校，算是纠正过来了一点。要不会更惨。"但凡经历过那个岁月的人都知道生活的艰难困苦，尤其在四川大凉山深远偏僻的小山村。但是在范竞马口中却是那般轻松，也许是经历过太多的难，体验过太多的苦，苦难已是甘之若饴。这世间福祸总是相依。也得益于那个安静的小山村，乡邻都是跟父母一样下放的"黑五类""反革命"，这种浓厚的人文环境下的熏陶和滋养是一种潜移默化的影响。所以幼年的范竞马就习练提琴、绘画，家中的老唱片，更是让他早早接触了意大利美声宗师卡鲁索与吉利。

　　一路坎坷走过来的范竞马，从不言苦，唯有感恩和幸运。是的，加诸于身体上的痛苦往往是上苍赐予的一笔财富。而范竞马就是这样把这种独特的体验和经历，悄无声息地融化消弭在自己轻松随意的谈笑和随和自然的人际交往中。然而敏感如他，对知识对素养有着天生的敏锐和吸纳。

遥想当年在北京求学，住在一个老师的堆柴火的小屋里，四壁透风阴冷潮湿，但是比较起住在集体宿舍的同学，能有一个独处的私密空间，他觉得很幸福。

那时的范竞马总是骑着自行车积极参加各种沙龙。他就是那样偶然必然地遇到了赵越胜、苏炜、周国平等一批人，这些当代中国早期在哲学界、史学界、文学界出现的知识分子群体。这批人对品格和精神的坚守，对世界的警醒和批评，是范竞马的人生旅途中浓墨重彩的一笔，也给范竞马涂上了一层知识分子色彩。尤其精神贵族赵越胜对范竞马的思想的影响巨大。

那时的范竞马总有一种如饥似渴的饥饿感。看见有人拿一本书，他都会追过去，看一看，然后想方设法拿到手去读一读。每一次沙龙，听到赵越胜等人提及一些东西，他都硬着头皮去啃去钻研。现在回头看，人生观形成时期的范竞马，天性中的敏锐令他迫切地寻找独立的意识和人格，使得他经年来面对喧嚣的当今世界，毅然决然地坚守着纯粹的音乐艺术，保持着独立的艺术格调。

而范竞马和赵越胜的友谊依旧交往如旧，他说赵越胜是保持本初最完整的一个人。他说赵越胜很少写文章，但是一出手必是有感而发，必是经典。他说，那些流传千百年的作品，根本原因是作品背后有一种高度的悲悯和责任感，思考和追问着人类的命运和前途。从哪里来、到哪里去，永远是一个人类追寻的问题。不懂得追问的人无异于行尸走肉。范竞马说，一定要用智慧去读人生。

回国之初，一直活得很单纯很纯粹的范竞马对国内演艺界的氛围很不适应，而且愈来愈不适应。他无法理解，为何要使艺术成为市场化的附庸。他更痛心的是，随着科技的发展，一些古典的传统的精粹在慢慢地消失，慢慢泯灭。在话筒代替人声的时代，他呼吁人声的歌唱。他说，声音是一

范竞马

种成果，是人类一个世纪文明探索的结果。眼看人类的文明渐渐被科技湮没，他感到心疼不已。为此他一直想把 20 世纪五六十年代美声发展在顶峰时的作品再次呈现。

他说这是一个媚俗的时代，缺乏真正站在人的尊严的角度去表达人类的崇高和人性的美好。在他看来，洋人的东西未必都是阳春白雪，中国的东西未必都是下里巴人。中国的音乐充满了人文色彩，有文化内涵有格调，只是欠缺有人用高格调高雅含蓄的方式来表现。于是他做了一个试验。2008年，他灌制了一盘Super CD《我住长江头》，封面赫然标识着"Chinese Lieder，中国经典艺术歌曲和民歌"，把音乐史上繁荣的德国艺术歌曲Lieder和Chinese连在一起，无疑是范竞马的一种艺术探索的指向。整张CD，中文的吐字行腔，尽管没有脱离美声的基本唱法，但是抹去了意大利歌剧咏叹调的大开大合，声音的共鸣富于变化，过渡自如，宛若在晨曦薄明的雾霭中的呼唤，悠远苍茫。唱片一面世就销售一空，在36个国家成功发行，同时还做了相关的研讨、讲座。

《我住长江头》这张唱片让范竞马明晰了自己的艺术使命，他要填补一项国际音乐空白，他要创立与世界乐坛公认的五大演唱流派——意大利的美声 (Belcanto)、德国的艺术歌曲 (Lieder)、法国的歌唱诗 (Chanson，也叫 Mélodie)、俄国的浪漫曲 (Romance)、英美的音乐剧 (Musical) 并列的第六种艺术歌曲流派——中国雅歌 (Yage-Chinese Lieder)。雅歌是诗、词与音乐的完美结合，从远古的《诗经》到唐诗、宋词、元曲，再到近现代诗人的作品，都是雅歌的创作资源。从此，范竞马开始了他的雅歌音乐的艺术探索和推广，这是他的音乐理想和音乐事业，而他也从一个单纯的个人完成面向普罗的转变。

范竞马在这盘大碟中，做了一次大胆的尝试。他把西洋方式的演唱技巧天衣无缝地揉进中文的发声方法、发声习惯、发声规则，让西方声乐技巧服务于中国艺术。这也是范竞马以后的声乐探索和研究方向。而且他想把这种适合中国方式的发声方法加以完善和推广普及，让每一个人都能来演唱美声。他希望能在同等的层面与高度，寻找到一种具有国际性审美尺度的艺术实体和表达方式，既能自然地被世界认同，又能晓畅地表达中华民族高贵的文化品位和内涵。

慢慢地，雅歌的概念在范竞马的心中清晰起来。雅歌是美声与本土文化有机结合的一种演唱风格，意在建立一种以中国历史文化为基础并与西方音乐艺术融通及对话的、具有原创性和深度表现力的中国音乐和中国歌唱艺术。"雅"是核心，返璞归真的诗性吟唱与汉语独具的审美美学在贴近心灵的诗意表达凝成一股力量，直指人心。

范竞马一直说，歌曲一定要有一种"人文情怀"，作品要以一种含蓄、高雅的艺术形式阐述人类的内心的最伟大之处。自古以来，人类的情感冲动往往是"言之不足故嗟叹之，嗟叹不足故咏歌之"。歌咏言志、抒情、达怀才是音乐最能历练淘洗而亘古弥新的艺术魅力。在维也纳的首场演唱会上，当范竞马唱到"万里长城万里长，长城外面是故乡……"时，前排的一位老人和后面的一位年轻人都流下了眼泪。音乐是没有国界的，雅歌也不是高高在上的阳春白雪，而是通向人们心灵深处的音乐。

范竞马一直说自己是一个悲观的人，漂泊的生涯使得范竞马从来不收藏或留存任何东西。但是现在，他想给世界给人类留下点东西。于是他开始潜心做学问。范竞马已经申请注册以他的名字命名的基金，他要致力于发掘优秀的音乐人，包括自己，要对正在消失湮灭的中国古典音乐加以抢救和研发。

面对当今的伪情感的艺术，他一直强调要先有音乐再有技术，面对音乐，首先要有一种对艺术的敬畏心，而不是挑剔。因为艺术呈现是讲情讲境的，艺术随机的即兴的发挥其实是一种创造。艺术态度要严谨，艺术表现形式却是没有对错之分的，因为任何艺术都不是一成不变的。打动人心的音乐都是好音乐。

他很纳闷为何有那么多人要做大师，貌似普度众生。真有大师吗？几度辉煌的范竞马，依旧保持着清醒和冷静。他从来没有停止过探索，他的演唱技艺一直在不停地尝试、翻新、磨合、重构着，独立着，创新着。面对浮躁的滚滚红尘，他更愿意安静地守候心中的艺术的本真和信仰。他用生命的血液流淌出情感，用心灵的声音自由游弋于音乐艺术。古典的音乐是孤独的，而范竞马就是一个真正拨开浮华，沉静地思索的思想者。他一直行走在寂寞的朝圣之旅，背着双肩带的背包，追问着"我要到哪里去"。

想起去年此时节，一位长辈三杯东北小烧下肚，画兴逸飞，挥毫泼墨，巨幅骏马跃然纸上，那飞扬的气势，无山而山在蹄下，无风而风扑面。伫立旁边，我信手写下一首诗："瘦尽青山看流云，风借我势抖黄尘。踏花归来嬉蝶舞，闻香已是醉意熏。"

而今年此时节，近距离聆听范竞马的意大利歌剧《负心人》，真正的人声演绎，没有麦克风，听者寂然屏气。虽听不懂的歌词，但是音乐本身的悲怆情绪、咏叹间的朴素情怀，都在范竞马的吟唱里迸发出张力。这次第，窗外秋光飒然，秋意流泻，秋风凉薄，引吭长啸，"无边落木萧萧下，不尽长江滚滚来"。

唯此，怒马啸秋风！

后记：

37年前，范竞马，从凉山出发，踏上了环球世界的音乐之路。2008年，范竞马再度出发，开始了他的"雅歌之路"。这个曾经活跃在世界音乐舞台的世界著名男高音，如今沉静陶醉于"中国雅歌"事业。

在国内他通过做小范围的雅歌沙龙，同时确立起学术平台，吸引学者、知识界人士了解雅歌的艺术魅力，在推广上以学生和高端精英人群为主。中国文学艺术基金会将设立中国雅歌艺术专项基金的相关事宜也正在进行中。作为中国音乐的一项事业，雅歌需要学术上的文献支持，需要历史、文化、人文的力量。朴实的范竞马说雅歌的路还很长很长，好事不在忙上。近闻，海峡两岸雅歌研讨会正在厦门大学艺术学院举行，两岸声乐大师将共同探讨中国"雅歌"。雅歌，成为一种自然的音乐空气，并不遥远！

刘雪枫

1961 年生于辽宁大连。毕业于北京大学历史系。曾任《爱乐》杂志副主编,现为生活·读书·新知三联书店编辑,主持音乐图书的编辑工作。自 1996 年起,先后在《中国文化报》《书城》《音乐周报》等十多家报刊开辟古典音乐专栏。主编《瓦格纳戏剧全集》和《伟大的音乐:经典收藏》,著有《众神的黄昏——瓦格纳与音乐戏剧》《贴近浪漫时代》《音乐手册》《西方音乐史话》《日出时将悲伤终结》《德国音乐地图》《朝圣:瓦格纳的拜罗伊特》等。

如果你喜欢古典音乐,那么你一定熟悉他;如果你不熟知古典音乐,那么请你读他的音乐文章。因为他的文字本身就是阳光拨转的旋律,是草地上跳跃的音符。古典音乐在他心中开满鲜花,姹紫嫣红。他用文字让音乐百啭千声,直指心灵。

何去? 如来!

——刘雪枫的顽痴人生

刘雪枫是谁? 不论他乐不乐意,冠在他头上的头衔有作家、音乐评论家、编辑家。尽管他极不喜欢被人称为"乐评人",但是很多慕名而来的人都是因为音乐的缘由。一段时间以来,不断有人提及他,对他推崇备至。欣赏刘雪枫,是从他的音乐文章开始的。那些散发着诗意美感的文字,见解深邃、独到,气质热忱、真诚。

第一次见他,只是匆匆一晤,听了三言两语,只觉得他谈锋机敏,随性率真。偶尔通个电话,他的行踪不定,脚步穿行在音乐原乡的路途上。正式采访他时,他正在办公室校对即将出版的五本自选集。忘记从哪一个节点开始,原本还保持距离和戒心的他开始滔滔不绝,我们竟然散散漫漫地闲聊了三个小时却言犹未尽。至此,采访已经不重要了,我对面的刘雪枫也不再是一个有着冷冰冰头衔的音乐评论家,而是变得立体、丰满而真实。

采访伊始,我对他做了一个快速问答。

贺　疆:音乐评论家、作家、编辑家,这三个称呼,您最喜欢哪一个?

刘雪枫:作家。因为我喜欢写。

贺　疆:在音乐方面,是基于父亲的遗传还是天赋?

刘雪枫：我不认为自己的音乐细胞来自遗传，我觉得环境的熏陶更重要。我父亲是小提琴家，很小的时候就听他拉琴，家里的唱片和电唱机，他经常放给我听，所以我从小就生活在音乐的氛围里。我也不承认自己有天赋，只是很幸运地与音乐结缘了。

贺　疆：音乐与人之间也讲究缘分？

刘雪枫：当然，有古典音乐陪伴，生活一定更美好。音乐不存在懂与不懂，只在缘分深浅。音乐的滋养对一个人生活的质量、色彩甚至人生终极追求都会产生影响。

贺　疆：古典音乐对大众而言是阳春白雪，如何才能让它高雅亲民？

刘雪枫：古典音乐，指的是经典的、传承有序的、体系明晰的音乐艺术。古典音乐魅力无穷，它与人的心灵息息相通，能够丰富你的思想和人生。因此，对古典音乐首先要有敬畏心。你要主动向幸福靠拢，而非让幸福屈尊俯就。

贺　疆：《音乐周报》的新浪微博去年搞了一个"最差乐评人"评选，您一度位居榜首，做何想？

刘雪枫：他们没有坚持做下去，一个事情应该有始有终，同时不能概念不清，自相矛盾。他们没有把一个评选理念贯彻下去，最后草草收场，成为尴尬闹剧。至于我个人，无论被评为"最差"还是"最好"，我都认为正常。"最差"也许是真的最差抑或是反讽，好在我自始至终都是"事不关己"的态度。

贺　疆：乐评是很冷僻的领域，乐评人处境如何？

刘雪枫：摇滚或流行音乐的评论，表现的是立场，很难细致或深入到学术或理论的层面。西方的乐评事业源远流长，重要的是主流媒体的乐评专栏持续培养有分量、有权威性的职业乐评人。在中国，相对于流行音乐乐评人，古典音乐乐评人这个群体其实并不存在，所谓的乐评还很业余。当然我们还有一个阶层，即音乐学者或音乐学院音乐学教授，但是他们评论或研究的对象是作品本身而非古典音乐的表演和传播。所以我说，西方媒体意义上的古典乐评人在国内是不存在的。

贺　疆：严格的乐评应该是什么？

刘雪枫：首先要专业，有鲜明的立场，观点要原创，行文有内涵。目前主要存在两种现象，一种是带有物质和情感买卖色彩的盲目吹捧，这种乐评其实毫无价值，都是自欺欺人的，确实在当下很有市场。还有一种是无端肆意的谩骂，这种谩骂基本出现在网络，多为匿名。我们的舆论环境和社会风气都有大问题，同时也缺少比较合理的音乐评论机制和从业规范。

贺　疆：您认为自己的乐评符合乐评标准？

刘雪枫：这个没有严格的考量标准吧？我自己认为写出的东西还算合格。音乐的"江湖"似乎对我总体评价还是很高的，无论是做人原则和为文水准，还是音乐的素养，我应该算是挺不错的。

贺　疆：跟音乐人交往多吗？

刘雪枫：我认识并交往的音乐人微乎其微。我还是尽可能地保持一份清醒、独立和冷静。乐评人和音乐家在音乐上的很多观点是大相径庭的，他们之间的互相影响很有限。乐评是为音乐的社会系统服务的，不是为音乐家服务的。

贺　疆：我发现您的音乐评论多以谈自己的感受为主。是否是因为没有绝对的客观标准，不如就以自己为审美主体？

刘雪枫：对。这世上谁都做不到客观，所谓立场鲜明更多来自主观而非客观，只要对得起自己的良知、道德和立场，那么就要相信自己。你这样真实地写了，读者会从中受益。我要的就是这样的自信。这是来自于自

对面

刘雪枫在赫尔辛基的西贝柳斯雕像旁

觉的自信。

　　贺　疆：对自己如何评价？

　　刘雪枫：我属于比较"珍贵"或"稀缺"，我尽可能不随波逐流，尽可能有所为有所不为，尽可能做到心安理得，问心无愧。从个人角度讲，我与世无争。

　　如果人生是一幕幕场景，那么音乐……

　　音乐与刘雪枫的机缘，宛如冥冥中的四目相对，神性的庄严与人性的挚爱的凝望，神光离合。一个爱乐者，沿着音乐的轨迹寻找流浪的音符，快意音乐白山黑水的情愫。一个爱乐者，沉浸在音乐朴素、温暖而庄严的感动中，酣畅淋漓地诉说音乐的美丽和希望，宛若从远山山巅，传来的一声声呼唤。

　　刘雪枫的文章，至情至性，与其说是评论，其实更像是内心独白。他毫不掩饰自己与音乐机缘巧合时的情感宣泄，坦然而真实。一路读来，宛若长歌短调在心中飘荡。他在音乐中寻找宁静、缅怀宁静、享受宁静；音乐也深刻地影响着他的生活轨迹，如一阕如歌的行板，淡淡地勾勒、素描着他的生活……

至今，刘雪枫依旧清晰记得聆听古典音乐的第一次感动，那种触电般的震撼和泪流满面的感动。与音乐的邂逅，开启了他的心智之门。20世纪70年代初的北方农村，每个阳光灿烂的下午或繁星满天的夜晚，通过半导体收音机接收来的古典音乐，对童年的刘雪枫而言不啻于天赐馈赠。

1979年，刘雪枫17岁，北大求学。他说那时但凡有音乐讲座，场场爆满。那时的他，开始有意识地寻找音乐，同学间无论谁有了一盒新磁带，大家就互相转录分享。刘雪枫以自己对音乐的挚爱带动几乎整个北大的音乐热潮。经常是十几二十人在楼道的活动室里举办小型讲座，其实就是一台录音机，几盒磁带，边放边讲。30年后，他为自己当年用音乐影响了许多北大的同学和老师而感到自豪时，没有想到，冥冥中，他宿命地遭遇历史节点——20世纪80年代，一个古典音乐的爆发期。

从此，音乐在他的生活中如影随形，直到1993年，女儿出世。照顾女儿期间，刘雪枫想送给女儿一件礼物，他要为将满周岁的女儿写一本关于音乐的书。次年，《神界的黄昏——瓦格纳和音乐戏剧》出版。他回忆说，他最集中听瓦格纳的歌剧唱片，正是那段幸福的时光。一个人只有遭遇真正的幸福感，才可以从更神圣的层面接受瓦格纳。

当我问他娴熟的文字驾驭能力和多姿的行文风格时，他摇头说，虽然他开蒙很早，读书很多，但是小学时作文一塌糊涂，中学时父亲经常揶揄他眼高手低。每年的寒暑假，他都要拉开架势写历史剧，却总是第一幕第一场，于是父亲给他起绰号叫"一幕一场"。他还记得1996年的第一篇音乐文章，当时受《爱乐》编辑部之邀。他仍很痛苦地皱眉道："那个痛苦啊！现在再看这篇文章，太僵硬了，愣得不行，真是不忍卒读！"很多事情往往是一旦找到突破点，就会宛若神助，一发不可收。

　　音乐之于刘雪枫，一如光阴之于文字，划过他的心田，从每一个晨光渐露到月满西楼。当音乐的旋律行云流水时，刘雪枫笔下的文字流淌出潺潺浓情，娓娓道来，感性、神往、明亮、清越，对，还有皈依的虔敬。

　　接着，他不断将关于音乐感悟和理解的著述放在人们面前：1997年，《音乐手册》和主编《瓦格纳戏剧全集》；1998年，《贴近浪漫时代》；1999年，《西方音乐史话》；2003年，《伟大的音乐：经典收藏》。

　　他认为第一本重要的书是《日出时让悲伤终结》（2004年），一个诗意的名字，是一部小说和一部电影的名字。一篇篇文字，探究作曲家的心境、处境和性格，阐释音乐与生活的关系。音乐内在与外观世态的契合，瞬息万变之魅与恒常之真的感慨也吻合刘雪枫当时的心境。悲悯、哲思、希望成为整部书的意旨。

　　《德国音乐地图》（2005年），作者的心追随脚步在德国版图上徜徉，找寻音乐国度的"六十种记忆"。《朝圣：瓦格纳的拜罗伊特》（2008年），以两个"十日记"的形式，讲述一个爱乐者受瓦格纳召唤，踏上音乐朝圣之旅的不归路。

　　《音符上的奥地利》（2009年），则站在历史的高度，以游记随笔的形式，勾勒奥地利山水与音乐的自然融合，字里行间弥漫着音乐带来的愉悦和幸福。《交响乐欣赏十八讲》（2011年），刘雪枫以平实浅显的语言讲述交响乐，在他心中，音乐不分地域和人，聆听、了解音乐会给你带来不一样的生活。

　　读刘雪枫的文章，你能读到感恩、挚爱，你能触摸他平静下的挣扎和激荡。他绵延不绝的文字，记述下每一个五线谱上灵动的音符，以及瞬间情感碎片的光阴折射。行走在他的音乐旅途上，他的文字发出的岁月声音如同风声，晨昏不同而又纯洁如初。有人批评他主观，他说，没有绝对的客观，任何人都做不到真正的冷静和客观。与其如此，他立场鲜明地坚持

刘雪枫在圣弗洛里安修道院教堂聆听布鲁克纳管风琴

自己的主张，只要不违背道德和良知。自信，才是真正的内心强大。

一个爱乐如痴的人，其实是历史科班出身。具有诗人气质和浪漫想象力的他，与历史学家交臂错过，偶然却又属必然地成就了一个音乐评论家和作家。而历史从来没有在他的生命中缺失过，历史给了他音乐写作一个最高的支撑点——以历史角度解读音乐、挖掘音乐的本质。一个严格意义上的音乐评论家，必须具备历史情怀。对此，刘雪枫是合格的。

一个在音乐海洋自由游弋的人，生活中其实很纠结。他怀旧，渴望回到春秋战国，他崇尚低效率，在电脑上写文章，一直排斥"复制""粘贴"之类的工具，他很享受打字的乐趣。他也拒绝将他的音乐讲座做成录音或录像产品。他没有固定的讲稿，每次讲的都不一样，由此在国家大剧院一个下午连续做两场同样题目的讲座，结果内容几乎没有重复，害得只听一场的人连呼遗憾。在音乐的传播上，刘雪枫更愿意与听众面对面交流，让他们真正理解和懂得音乐的真谛和美好。他笑称自己总是刻意"低效率"，骨子里有苦行僧情结。他谈到这些固执的习惯时，像是一个单纯倔强的孩子，我行我素。

城市的高楼大厦和喧闹嘈杂经常令他不安，他对宁静有着偏执的贪恋。童年乡间的短暂生活的日子让他总是回味无穷，农村天地在他记忆里有着神奇的魔力，总有探索不完的乐趣。每每谈起，他的眼睛就亮亮地闪耀着神采，笑容如天真烂漫的孩子。那一刻，让我觉得他仿佛又回到了童年，仿佛又在冒雨去山林里采蘑菇，种地，割草，喂小兔子、小绵羊，小花狗在脚边欢快地绕来绕去。他说他十岁的时候就学会做一年四季的农活，经常是天不亮进山，天黑了才回家。他说家里人都是高个子，只有他最矮，便是小时候逞能干大人的活累的。他年少轻狂时做的一些坏事，现在都宛若陈酿回味无穷，中学时趁老师转身在黑板上写字从教室后门逃课去公园看动物展，偷偷在安静的教室走廊里摔响炸炮引起骚乱，高考前夕以晚自习的名义一天到晚和同学们聚餐打球。今年春节，他与中学同学第一次聚会，重温那段无忧无虑的青葱岁月，他既兴奋又感慨。

随父母下过乡、生在大连、工作在北京的刘雪枫，骨子里弥漫着一种乡愁。他总要不时外出旅行，释放不安情绪，放松心情，感悟新的东西。旅途中他更乐意在山野纵深步行，探索自然的野趣。但是乡愁总是挟裹孤独和彷徨而来，旅行的最后几日，他情绪低落，意兴阑珊，归心似箭。他似乎一直很享受那种急于挣脱急于逃离急于高飞，又急于倦鸟归林的过程。

他眷恋田园，热爱自然。唯美，而又有点愁怨。但是他又极热爱生活，兴趣广泛。他有很高的精神追求，是个理想主义者。面对现实，旅行包括音乐都有意无意地成为一种逃避。

他在音乐中享受宁静，在文字中演绎唯美纯净，现实中与世俗格格不入。面对各种媒体活动、盛典、PARTY的盛邀，他一概拒绝。"这与我无关，也与我身份不符，我也没有时间浪费在无意义的事情上。"很酷很任性，这份冷静和清醒是很令人激赏的。但是生活中，他对音乐的疯狂、为人处世有所为有所不为的原则，以及他不容置辩和不容商量的自信，很多时候是不能为常人所能容忍的。然而有很多朋友围绕在他身边不离不弃，为什么？他说是因为自己靠谱吧。他很爱朋友，忠于友情。朋友们也往往对他的任性宽容地接纳。其实任性是需要资格的。他说，人这一生，归根结底拼的是人品和人格，唯此才能见容于世间。在这个意义上，刘雪枫对得起"稀缺"和"珍贵"两个词。

生活中的刘雪枫其实很低调甚至有点闷，他不善于与人交流，也不喜人前表现。但是人前讷言的刘雪枫却与微博撞了个满怀，迸溅出智慧的火花。微博上，他思维活跃、措辞精辟、鞭辟入里、纵横捭阖。他说微博几乎改变了他这个人，使他变得开朗外向。他说："我太喜欢微博了。"在微博上他答疑解惑，阐述观点，帮助博友理清思路。发现自己这些微博的小碎片有益于人，随时随地服务于人，他说那是一种快乐和幸福。

2012年是瓦格纳年，2011年的他在微博上开始做瓦格纳微博小课堂，对瓦格纳做全方面多视角的介绍，每天坚持发一两个帖子，或戏剧，或表演，或音乐，或唱片，或文学，或作品背后的逸闻故事，不一而足。这些区区140个字的小帖子，渐渐形成一个瓦格纳的多元体系。他说，他想要知者扭转观念，不知者从入门开始。他有个原则："爱谁就为谁做事。"他深爱瓦格纳，所以提前一年为瓦格纳做宣传，以示对他的缅怀和景仰。

案头厚厚的五本自选文集校对稿，是刘雪枫对自己经年音乐之旅的一个总结。他说，以后想写小说，历史小说。从小痴迷历史的他，历史依旧是他一个解不开的情结。比较而言，历史终究是入骨入髓的选择，而音乐是他的生活和享受。

谈话最后，我写下两个字给他定位："顽痴"，他略微沉吟称是。如是：

何去？

如来！

杨诉

钢琴家，北京昆仲影视传媒文化有限公司董事长。1982年毕业于上海音乐学院钢琴系。1989年调入深圳国际展览中心，时任时装模特队经理、华实广告公司总经理、《展览世界》杂志主编。1989年率队参加全国首届十大名模比赛，获"伯乐"奖；1991年率队参加第二届全国十大名模比赛，蝉联"伯乐"奖。一度被新闻媒体称之为"中国名模之父"。1984年获全国声乐比赛最佳钢琴伴奏奖。1985年获全国声乐比赛最佳钢琴伴奏奖。1991年获巴西里约热内卢国际钢琴比赛最佳演奏奖。

1986年偶然的机会，爱上保龄球，1989年与队友王一平获全国锦标赛男子双人冠军，并打破全国纪录。1990年代表国家队参加亚洲保龄球锦标赛，至1998年，共获得全国冠军八次。

2005年，应邀担任环球小姐中国赛区赛事总监，组织并实施2005年的全国总决赛。期间，曾多次担任各项模特比赛及选美比赛的评委。

音乐是上帝与人类交谈的语言。音乐最大的功能，就是让人们向往美好。

——杨诉

诉

　　第一次认识杨诉，是在采访王斌结束时。当时的他被一群年轻女子包围着，正口若悬河地说着什么。王斌介绍说，这是杨诉，钢琴家。杨诉站起身，伸出手。很奇怪等准备约见采访，极力回忆他的模样时，唯一的感觉就是一个"白"字，唯一能想起的就是他那独特的白发，灰白中泛着淡淡的金色，无法复制漂染的灰白，很贵族很颓废的味道在其中。

　　偶尔跟王斌通话，他口中对杨诉推崇备至，我笑叹王斌被杨诉的"国宴"彻底征服。其实杨诉的经历还真不简单。从国际钢琴比赛最佳演奏奖到保龄球蝉联八次冠军，从模特之父到话剧业，他在每一个领域里都自由游弋，酣畅淋漓地活到极致，然后迅速抽离，转换到另一个陌生的界域从头再来，一路杀来，所向披靡。而这些都不是我想探讨的，我只觉得这种类似折腾的活法背后，其实还有一点孩童般的好奇和顽劣成分在。我只想看看，这个老顽童身上，是怎样"奇妙地混合着艺术家的精致与流氓无产者的粗鄙"（王斌语）。

　　第二次见杨诉，是在中秋节。阴天，没有月亮，但是掩饰不住大家兴高采烈过节的心情。站在杨诉公司大大的落地窗前，北京四环的夜景尽收眼底。路灯、车河，起起伏伏地勾起我心底浅浅的乡愁。手指划过杨诉的钢琴，轻微的叮咚泠泠不绝，有种清冷惊心。

杨诉在演奏

　　这是第一次正式面谈，对面的杨诉，毛边眼镜，肤白，金灰色的白发，干净、优雅，透着一股书卷气。话并不多，说什么都有所保留和节制。我心底就想结束谈话，因为真正的了解是朋友间的小细节，而不是这样规规矩矩的问答。但是我还是问了一个很八卦性质的问题。三次婚姻三次离异，他是否还会再去结婚。他很诚恳很肯定地说他会，他不想在打拼一天后，回到家里面对空空的四壁，欲说无言。他虽不奢望能与子偕老，但是从来不怀疑执子之手时的一腔热诚。

　　事后，跟着去的朋友很纳闷地问我为何要问那么一个问题。我说，我只想知道他这样一个从不言败的男人，是否还能有勇气真诚地面对爱和婚姻。他在婚姻和爱中表现出的豁达和担当，都源自于他的一份骄傲，一份英雄式的骄傲。但是这样的男人，内心其实往往是很脆弱的，今天所有的成功和气度都是一层层心痂的凝结。佛说的大自在，那么杨诉也许就是一个真正活到自在尽兴的人吧。

中秋晚宴，见识了杨诉的"国宴"水平，席间的杨诉依旧话不多，没有任何形式的东西，大家吃得痛快于他就足够了。之后是一场辩论，很随性随意。杨诉拿出自己珍藏的极品雪茄让朋友分享，然后坐在雪茄的烟雾中沉默着，偶尔也会插科打诨几句。环顾四座谈笑的鸿儒，想，也许杨诉想做一下小型的沙龙吧，若如是，幸甚！

在他的办公室，看到范竞马镜头下的杨诉，不经意中凝注远方的眼神，有种说不出的苍凉、荒漠、孤独和冷峻，还有一丝犀利。杨诉口中戏谑："我就是犀利啊。"轻松的语言背后有许多的光阴和岁月在，松弛是需要历练才能出境界的。

悄然来到空空的客厅，独坐在杨诉的钢琴旁，注目窗外的夜景，思绪纷纷然——

想起他博客里的文章，嬉笑怒骂皆成文章，信手拈来乃是情怀。当初写博源自王斌的鼓励和督促，之后不知不觉成为他倾诉心声的一片小天地。他写《我的单身宣言》《征妻启事》《应征来信》，宛如话剧一幕幕上演。言语诙谐风趣，极尽刁钻苛刻调侃之能事，幽默背后的老辣尖锐却令人笑容刹那凝固。

他从不讳言不讳饰自己过去的顽劣，甚至有点沾沾自喜曾经的年少轻狂。三次婚变，每一次婚变都演变成有距离的友谊。他践行着自己心中的底线"女人是用来呵护的"。所以无论是于那些女子还是对杨诉本人，都是一种幸运。毕竟缘分是讲究天时地利与人和的。

前几日杨诉从国外回来，甫进门惊闻变故，虽痛心疾首，但仍能为对方设身处地去考虑，对方一句轻轻话语：若需要，会义无反顾地守在你身边。他都感动其真诚。纵使他心中明明知道这根本不可能，但是他依旧选择宁愿相信。于是，感性如杨诉，对每一段情感的回忆都充满着幸福和美好。这样的人会活得很幸福，所以从另一个意义上讲，杨诉很幸福。

　　他作《贱人考》，文采斐然，赋体骈文，轻松自如。在他眼中，世间贱人涉及官、师、艺、小人四类，皆如过江之鲫，盖因骨子里的贱性使然。孟子曾云："富贵不能淫，贫贱不能移，威武不能屈，此之谓大丈夫。"在杨诉眼中，大丈夫当有一份傲骨，对那些贱者，他心中鄙之远之弃之。我不知道杨诉是否有拒某人于门外的实例，但我想他肯定会不假辞色。

　　想起他在微博里跟年轻小女子斗智斗口，貌似很享受很陶醉这种众星捧月的氛围，但是偶尔的思想片段却有着灵光一闪的智慧和冷冽。正如他嬉笑怒骂的轻松，在第一时间给人以淋漓的快感。这文字背后暗合的清醒的思想性飘忽在他独特的人生体验中。这种人生体验基于他个人正义的底线，无论身处三教九流，抑或阳春白雪。于是世间物事皆由我品评指摘，潜在地表达了自己追求简单的完美精致品味。是故，他欠缺大成者所具有的悲悯情怀，那是对普罗大众俯视的悲悯情怀。一直以来，他从来没有追问过杨诉是谁？谁是杨诉？好在他一直在努力，诚如他每写一篇博文都要向朋友虚心求教一样。但是他理智地涉身话剧业，话剧本身的普世情怀可以提升他的境界。

　　看似豪爽仗义甚至有些江湖气的杨诉，其实骨子里有着一种浪漫的忧伤。他曾经设想好自己将来去世时的情景，葬礼的哀乐他决定用威尔第歌剧的一支幕间曲，忧伤、婉约、唯美。他说一年四季最爱秋天。他曾用心灵之笔弹奏起《秋的咏叹》，诗意而孤独。总在想，高远的秋夜，满头繁星，凉凉的夜风拂面，彼时的杨诉是否有种"寒蝉凄切，对长亭晚"的况味！

　　收回纷乱的思绪，夜已深。杨诉一曲即兴演奏《莫斯科郊外的晚上》，似天籁，从清冷的夜空流泻入室，震惊四座。清凌凌的琴声揉进了他自己的情感和阐释。在这中秋夜，他在诉说什么？也许夜风知道！

　　回转在沙发上，大家依旧谈兴高涨，而他的神态总是时不时地游离着。似乎他一直就保持着这种状态，时刻投入，即刻抽离，孤独而清醒。提及当年他的"英雄事迹"，他脸上的笑容很特别。这时梁国庆走过来，"诉"，只一声轻轻地呼唤，亲切自然到没有了光阴流年。

于是，我就用一个"诉"字做了题目，然而诉说了什么，抑或没有诉说！

后记：

也许因为不熟悉，我并没有见到杨诉生活中"流氓无产者粗鄙"的一面。那种肆无忌惮粗口横逸的样子，想必也会痛快之极。相信他能做到，而且做得很极致。但是他很有分寸。他能时刻让自己进入一个身份，无论是绅士还是泼皮，无可挑剔。

他的优雅，是骨子里的血统，以及后天钢琴的熏染。他的草莽江湖，也许是山东人水泊梁山的忠义，以及儿时文革时期自生自灭打下根基。他的痞气，或许是几十年在社会上摸爬滚打的历练所致吧。杨诉骨子里有种一琴一剑走天涯的洒脱不羁，然而事实中又颇有一代帮主或者总舵主的风度霸气，风流倜傥、浪漫不羁而又江湖豪义。

这就是杨诉！独一无二的杨诉！

章红艳

中国当代杰出琵琶演奏家、教育家，中央音乐学院教授，硕士生导师，中华文化促进会理事，曾任美国哥伦比亚大学访问学者。章红艳毕业于中央音乐学院，获硕士学位，先后师从章时钧、孙维熙、林石城教授。唱片专辑《十面埋伏》被美国国会图书馆和美国国家民俗中心永久收藏。独创"且弹且谈"讲座式音乐会形式。

"我相信每个人的内心深处都向往快乐、向往纯善、向往优雅、向往崇高，而传统音乐所具有的价值和感染力，一定会唤起人们心中的这一部分情感。"

——章红艳

且弹·且谈

——章红艳与琵琶的情缘

琵琶语

一弯琵琶别抱，半掩桃花面。兰花指轻轻拨弹，岁月光阴在指尖流转。琵琶，是民乐里最有风骨的一种乐器。从西域一路走来，千年的记忆里起承转合着流年分拂历史沉淀。它千转百回里有粗犷高亢和雄浑悲壮，飞花点翠中有幽深古意和豁达清凌。而这样经历沧桑风沙的琵琶，却因着文人墨客的点染与江南水乡的润泽，让琵琶有了清雅的写意和时空的穿透力。一如琵琶的外形，素影俏丽风华绝代，玉指弹拨，却铿锵激越，心事如瓣瓣忧伤碾碎，冷艳孤傲，荡气回肠。

"四弦千遍语，一曲万重情"。十个字写尽琵琶情味，白居易卓绝了琵琶，致使天下再无琵琶文章。音乐是人的灵魂，琵琶艺术又是民乐的灵魂。驾驭琵琶，需要心智与风骨。而琵琶与章红艳的一场人生知遇，成就了一个琵琶精灵与琵琶魂魄的融合。

琵琶情

7岁习琵琶，8岁登台，10岁考入中央音乐学院附小，其后又在中央音乐学院就读附中、大学本科及研究生，期间先后师从孙维熙、林石城教授，毕业后一直留校至今。在近40年与琵琶相伴的岁月里，琵琶早已成为

章红艳在演出

章红艳工作、生活乃至生命的一部分。学艺伊始，章红艳吃尽了苦头。抱着比她矮不了多少的成人琵琶，父亲在天花板上钉一个钩子，用绳子把琵琶吊起来。在别的孩子都在戏耍疯跑的年纪，她却每天练两个小时，父亲也陪练两小时，口传心授。小红艳无数次哭花了脸，也无数次为琵琶挨过打。学琵琶，只为父亲一个朴素的心愿：女孩子掌握一门手艺，将来能自己挣碗饭吃。她说："父亲让我第一次抱上琵琶，他朴素而温暖的心愿，让我体会到爱。"

章红艳的父亲是越剧团的主胡和作曲，母亲是一个越剧演员。自小，章红艳就看见父母日日一遍遍地磨腔、唱和。越剧的婉转优美，音乐的江南韵味，故事的缠绵悱恻，越剧行腔的细微变化、收放，越剧的柔婉气质早就流淌在章红艳的骨血里，并形成她独特的琵琶风韵，总在不经意处流露在琵琶的演奏里，别具一番温婉情致。

父亲一直是章红艳前进的动力。沉默寡言的老人，70 多岁的高龄，依旧每天弹奏琵琶三个小时，手上有十几首独奏曲。父亲的坚持是对她无形的激励和守望。年少时，被动的选择无意中成就了一个琵琶艺术家，琵琶成为章红艳全部的精神生活和生活方式，而亲情又使得章红艳不断参悟琵琶，参悟人生。

此时，音响里流淌着章红艳的《塞上曲》，左手推、拉、吟、揉、弹、挑，虚音实音的交错配合，轮指与单音的穿插交缠，旋律柔婉深沉，有种久久凝视夜空时的感觉，浩渺而又思念惆怅。

章红艳曾经在《爱是一种无尽的力量》里这样说："在痛失母亲的日子里，我常想：爱之所以美丽，也许在于它是一种无私的、不图回报的奉献。母亲是越剧名角，却为家付出一切。弥留之际，她不安的是不能照顾我演出，不能再照顾父亲。那段日子我很消沉。一天推开家门，看见父亲淌着汗正手把手地教三个小孩弹琴，正如当年教我一样。母亲去世后，父亲变得更寡言少语，添了更多孤独，也添了更多的白发。唯一没有改变的是他无言的热忱、严格和不倦的心。我想，一个人心中的爱竟可以如此坚毅，如此顽强。因为它正如艺术本身，不仅是一种情感、一种向往，而且是一种信念、一种力量。"

朴素的语言，真挚的情感，读之心酸眼热。这种情感让章红艳不断参悟琵琶，参悟人生。

琵琶相

"你看，我怎么成了一个战士？！"章红艳在笑，笑容有些自嘲有些无奈，更多的是真诚。"既然我是那唯一的一个真实，那我就坚持下去，一真到底。"

对面的章红艳，瘦削单薄，容颜清秀，短发俏丽。立体感很强的五官，明亮的眼眸，隐隐透出一种执着和真诚。是社会使然还是时代使然？琵琶选择了她，她选择了真诚，而发生在她身上的林林总总裹挟着她，她不得

章红艳在演奏

已被推到风口浪尖，直到现在做最后、最卓绝的坚守。

　　从 2009 年开始，章红艳以"且弹且谈"为题，在多个城市、学校、音乐厅、国家大剧院、中央电视台，大面积开展音乐普及工作，直接接触受众超过 10 万余人。"且弹且谈"形成章红艳的个人品牌。在娱乐至上，商业文化盛行的今天，章红艳简约朴素的演奏，让听众享受到真正的音乐原声、演奏者的功力，以及演奏者细微的呼吸与气场的流动和交融。任何麦克之类的电声辅助设备会降低原声的品质。她说："我倡导原声，其实原声是一个演奏者的基本功，没有什么新奇。但是原声又是最高级的，因为只有原声才能让演奏者与听众进行心灵上的音乐的交流。"

　　中国民乐从民间步入高雅的殿堂，而今天，走下殿堂的民乐的推广、普及和繁荣还有很长的一段路要走。当下，包装过度的张扬和哗众取宠，无疑让典雅的民乐降低了格调，流于迎合和媚俗。章红艳说，看似受众很广，其实是民乐品格的趋低迷化，而她努力做的就是祛魅存真，展现中国民乐的真实风格和气质。每次在国外演出，章红艳用一把琵琶，打开了中国音乐的一扇门，让世界了解中国和中国的音乐。章红艳这个执着的江南小女子，紧抱着民族音乐本质并且坚守中华民族魂魄的音乐家，单枪匹马地为中国民乐摇旗呐喊，维护民族的艺术生态，颇有一种英雄气概！

琵琶行

"谢谢你们来，和我一起分享音乐。"

——章红艳

章红艳在且弹且弹现场演示

2006 年 9 月，章红艳只身背着琵琶赴美，在哥伦比亚大学进行了《琵琶与中国文学》的专题研究。一年多时间，几十场音乐会，足迹遍及美国东部多个城市和德国、意大利、奥地利等国家的著名音乐厅，向西方世界推介中国的琵琶艺术，探索琵琶与交响乐的对话。

2011 年 11 月 17 日至 11 月 26 日，北京音乐厅，"章红艳 2011 琵琶音乐季"接连举办四场曲目不同、形态各异的音乐会。独奏、重奏、师生共奏和协奏四种类型一一上演。偌大的舞台很空，只是一人、一琶、一椅，然而音乐厅又很满，充斥整个音乐厅的只有一曲曲纯粹的传统乐曲在流动、跌宕。章红艳以一个音乐家对传统音乐理念的坚守，让她对当下的音乐和文化的语境有自己的见解、视角和胸怀。在这次琵琶音乐季中，章红艳还举办了一场题为《逆水行舟：一个音乐家的时代感受》的个人学术报告会。

"这样朴素、单枪匹马的独奏音乐会在当下恐怕很难看到了，没有过人的实力是不敢想象的。它没有各种噱头，呈现给我们的是真正的音乐。"一个听众如是评价。有人说她"曲高和寡"，冷清但也最有品质，世间一切都逃不过时间的淘洗，披沙沥金。怀抱琵琶，一路行来，章红艳一直在琵琶演奏与教学中游走世界，足迹遍及世界，为中国传统民乐的传播和弘扬做出了巨大贡献。

"所思所想皆因琵琶，且弹且谈皆为琵琶"，且弹且谈成为章红艳独创的琵琶演奏方式。她认为真诚是"且弹且谈"的宗旨，她说音乐最直指人心，最宜于身心健康。她主动下基层，致力于让音乐成为人类共同的文化生态，她要把音乐的种子撒遍天涯海角，扎根开花，让全民形成一种音乐文化氛围。这种钟情于普罗的音乐提升，源自一份对琵琶的尊重、对人生的尊重、对艺术的尊重。

身兼青年演奏家和大学教授双重身份，章红艳在传承琵琶艺术的同时，主动承担起传统音乐的社会普及工作。同时开设全公益的"章红艳音乐文化讲堂"，普及音乐文化知识。这些年她一直致力于扮演音乐教化的身份，身负一份音乐使者的角色。这种音乐生态理念的传播与行走的背后，是一个知识分子的公共职责和承担！

琵琶经

琵琶属于弹拨乐器，偏于阳刚，以点状演奏为主，最难的是线条的把握。点对点的重合带来整齐划一的听觉震撼，描绘出澎湃惊魄、铁骑铮铮的场面，富于想象力和表现力。高超的演奏者，会以轮指、滚奏等，让点与虚线演绎出细致的线条美感。

章红艳的琵琶艺术独特之处在于，点线的糅合爆发出的音乐张力和穿透力。每一音、每一拍赋予了无限的情思，悠长辗转而又淋漓尽致，内敛拙朴而又深沉细腻，游刃有余又引人遐思。她打破了点状与线条的关系，让气息运用在琵琶的线条美中。这得益于儿时的家庭熏陶，自幼耳闻目染父母的磨腔，对唱腔细节一点点智慧地融入，行腔走板的细微变化细腻的表现，让她在琵琶的内蕴上多了一份古典戏曲的理解、体悟和融汇。

琵琶分文武，文曲《春江花月夜》和《月儿高》，章红艳运用手法不一。前者意境优美，用"换头合尾"的手法，从不同角度阐释。后者风格淡雅，运用柔美细腻的音色营造朦胧诗意。《十面埋伏》与《霸王卸甲》为同一题材的两首武曲，一为颂歌一为挽歌。前者复合调式交替转换，长轮指等与"遮、分""遮、划"手法的推进以至高潮，四根弦下却是千军万马、铁骑铮鸣、简练生动、大气磅礴。后者却是章回体叙事，乐曲沉闷悲壮，一曲英雄气短情长的慷慨悲壮，格调壮观苍凉。

琵琶协奏曲《霸王卸甲》是民族乐器与交响乐队合作的一个不可多得的佳作。中国作曲家周龙在林石城版本上再度加工创作出协奏曲，突出了人物的悲剧性。1993年首演于国内，演奏者即章红艳，琵琶与乐队保持着若即若离的关系，琵琶成为乐队的主题，乐队有力地烘托出琵琶。因为章红艳，奠定了这首协奏曲的艺术风格。迄今为止，章红艳也是演奏此版本最权威的人，该曲目也成了她音乐会的保留曲目。

章红艳在演奏形式里注重创新，对传统民族音调的借鉴和运用都有创意。她认为在所有弹拨乐器里，琵琶既可以独奏，又可以合奏，她多次尝试把琵琶作为主奏乐器与交响乐团合作，成功地完成大型协奏曲。她说琵琶以"点对点"，以密集虚线构成的音响与旋律，不仅独特，而且优美。琵琶与交响乐的交融，给西方交响音乐平添了东方色彩和魅力，开创了前所未有的思维与色彩。以此及彼，她指出弹拨乐（琵琶、曼陀铃、吉他、竖琴等）乃至中国民族音乐的创作大可以拓展思路，放开手脚，更可以与西洋乐器结合，共同创造新的音响效果。这样既能保持中国民族音乐的原貌，又能让更多的人了解中国民族音乐的魅力。真正打破地域限制，充分展示中国传统音乐，并与世界文化接轨，从而与世界音乐平等对话。同时她也尝试用中国乐器演奏外国乐曲，在中西文化的碰撞和交融中探索一条音乐新图式。

章红艳认为，所谓创新，更多应该关注传统音乐的传承。她主张解放狭隘的流派门类观念，在音乐多元化下寻求音乐出路，从而推动传统音乐的发展。2013 年，章红艳倡导组建了青年国乐团，由中央音乐学院民乐系一批教师梯队中锐意求新的专业精英组成。她说："我们的队伍要展现出中央音乐学院最高教育成果、最高艺术水准和青年教师的时代风貌，在业界树立起一个标杆。"

琵琶魂

提及琵琶，总会令人不经意想起敦煌壁画里反弹琵琶的飞天，起舞翩翩，衣袂飞扬。反弹作为一种创新思路，出奇制胜。而章红艳就是一个反弹琵琶的女子，手下流泻的韵致令人叹为观止。

琵琶，早在秦朝就已出现，因其音色清亮，有"金石之声"，而成为独奏乐器。但是铿锵且富有张力的琵琶却外形柔美，款款若江南秀女。镜头中的章红艳，粉黛不施，笑容和婉，全身上下没有任何金银首饰，只有一枚"琵琶"胸针，却是点睛之笔，仿佛琵琶的魂魄已经凝聚在她身上。

缘何琵琶会与章红艳相遇，上演一出风华绝代的知音，惺惺相惜。无意翻开她的简历，出生地赫然写着浙江嵊州。我突然什么都明白了。一方水土养一方人，一个地域的气质会流淌在一个人的血脉里，代代传承。

"明月照我影，送我至剡溪。"撑一叶扁舟循着剡溪，追寻到嵊州。一条清凌凌的小溪，流淌了千年的文脉气韵，铺就一条山水华章的"唐诗之路"，成就了浙东独特的文化氛围。

剡溪不再只是故事里的剡溪，剡溪的风流也一直属于过去的魏晋风度、大唐诗意。四明山、天台山和会稽山环抱之中的剡溪，清隽恬淡，是令人回眸眷恋的净土，不仅为嵊州造就了青砖黛瓦的仙境，更孕育那优美的越剧。

越剧，两个字，只一念，眼前出现的就是一支早荷含露亭亭，在世间浮华喧嚣里细细散发着清香。丝弦缠绕的心意如一叶龙井在杯中漫卷漫舒，而唱词旋律如蒙蒙笼月下的花落露凉。怎一曲琵琶声里话尽江南？

章红艳同公益课堂的学员们一起演奏

这样温婉的吴侬软语之地，清雅安宁的山水所在，风雅中自有骨气。马寅初傲绝的坚持毫不吝啬地彰显。嵊州人的风骨在于温和的文化气质中暗藏锋利尖锐的耿直担当和真实坦诚。这一点，毫不遗漏地彰显在章红艳身上，面对假奏案的傲骨铮铮，显示了她一贯对音乐品质的卓绝坚守。

九曲盘旋的剡溪，潺潺穿过山村，隔溪绿竹葱茏，岭上苍松屹立，幼时的章红艳是否曾在溪中嬉戏，在岭上奔跑，在竹丛里捡拾竹笋？不得而知的是越剧的绵长婉转、琵琶的苍凉已经融入她的气质，确切地说应该是她已经与琵琶合二为一，她就是琵琶冰魂魄。

琴瑟和

截取两个镜头：

1998年，杭州音乐厅的音乐会，琵琶弦断，章红艳换了一把琵琶，说了句"遇到知音了"，继续演奏。台下，她的老师孙维熙教授亲手为她换弦。

2000 年，深圳音乐会，最后一曲《天山之春》演到近结束时，她手中的琵琶又断了一根弦，但她没有中断演奏，就在三根弦上演完了全曲。

章红艳与琵琶是知音，她半生都与琵琶为伴，行走着琵琶的人生。

"我什么都会做，种菜、做饭、做家务。"章红艳说，笑容里满是小女人状的幸福得意。但这真的有点出乎我的意料。印象中，但凡学音乐的女孩大多十指不沾阳春水。环顾她的家，并不宽敞却充满书香气息，又充满生活情趣。出得厅堂入得厨房，就是这样子的吧。在琵琶专业上，章红艳绝对是左手执文右手掌武，弹尽风流。生活中，章红艳永远是笑容满面，一颗单纯的女儿家心性，写满温润情状。这样的性格，难怪幸福。章红艳有一个幸福的家庭，"我们互为粉丝，"幸福在章红艳的笑容里荡漾。这是任何一个女人都最渴望拥有的，章红艳能做到这点，这与她的为人立世的价值观取向息息相关。

归来，听章红艳的原声大碟《十面埋伏》。琵琶一弄韵风流，扫弦一抹声千秋。一曲琵琶，说尽红尘事；三千流年，无声也情衷。

踏莎行

梦里河山，沧海桑田，回头已是烟云远。
玉屏青嶂堆如叠，点点翠薇匀山岚。
君当知我，生如鸿雁。只数天下胜云川。
抛却香榭望长安，阑干拍遍画意酣。

——贺疆

郭培

玫瑰坊服装公司董事长兼首席设计师，中国十佳设计师，中国服装设计师协会理事。中国服装设计师协会艺术家委员会委员。中国第一代服装设计师，中国高级定制的开先河者。央视春晚御用服装设计师。北京奥运会颁奖礼服设计者。

"我热爱高级时装，因为它是一种生命的停驻。它不像成衣那样简单地流行，再迅速地被遗忘。我希望我的高级时装成为馆藏级的精品，殿堂级的珍宝，成为传世杰作，因为真正的高级时装能够历久弥新，经得起考验。多少年后，它的存在就是时光的回眸。到那个时候，它能再现逝去的辉煌和残留的光彩，能重新演绎我曾经拥有过的幸福，以及我曾经创造过的美好。"

——郭培

玫瑰花开

——郭培与中国嫁衣的花事

玫瑰花

"隙地生来千万枝，恰似红豆寄相思。玫瑰花开香如海，正是家家酒熟时。"玫瑰在中国的栽种有 2000 多年的历史。每年 5 月上旬是玫瑰的盛花期，空气里弥漫着香甜的气息。这首明代的玫瑰诗，就描写了玫瑰花开时的盛况。由此看来，玫瑰作为爱情的象征，并非空穴来风，只不过是国外情人节的噱头淹没了华夏由来已久的玫瑰恰似相思豆的悠长情思。

这朵真正被作为爱的表征的玫瑰，终于被一名恬美的女子演绎到极致。她以中国嫁衣的形式让玫瑰绽放得如此绚丽多姿。这名女子就是郭培。

玫瑰坊

玫瑰坊，郭培工作室，坐落在北京北五环来广营路。3000 多平方米的工作室，宛如金碧辉煌的宫殿，极尽奢华。欧洲中世纪座椅、拉斯维加斯风格的巨大吊灯、盘旋上升的金色凤凰的楼梯、玻璃幕后华美得炫目的礼服。梦幻般的感觉，刹那震撼了你的内心，让你不由自主地放轻脚步、放低声音、调整呼吸。的确，这里的每一位员工都行走无声，轻声细语，笑容和婉，彬彬有礼。

在这座玫瑰宫殿里，有 150 多位高级设计师、绣工、打版师、工艺师

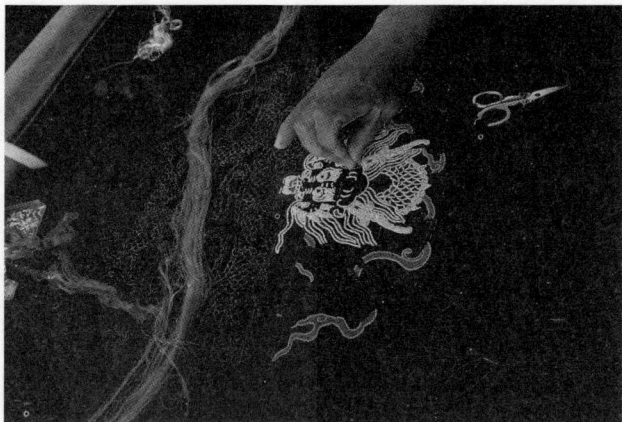

刺绣过程

等组成的专业团队，他们用自己的时间和心力执着于烦琐的一丝不苟，打造出一件件顶级的礼服。在玫瑰坊，每一件作品，都是纯手工制作，都是时间的堆积和爱心的凝结。

玫瑰坊，一个编织着玫瑰梦的摇篮，一个给你无限憧憬的地方，一个梦想诞生盛放的地方。正如她的名字一样，热烈奔放、雍容华贵，玫瑰坊就这样在时尚与贵族的前沿盛放，风光旖旎。

玫瑰衣

层叠的钉珠、多变的手工刺绣、精致的配饰、缥缈的流苏、朦胧的透纱、纤巧的剪裁，淋漓尽致地呈现出女性的柔美，婉约而热烈地流泻女子内心的情愫和激情。

服装是无字史书，而郭培的女性礼服，宛如雕塑般矗立在那里，宁静地书写着女性服饰传承与演变的流年故事，演绎着女子们对生命和人生的思考。

而郭培手下诞生的一件件礼服，都工艺繁复，制作时间漫长，"寸尺寸金"的面料、纯手工制作、制作流程严谨，一对一的专属服务，往往一件衣服需要耗时上万小时，对工艺不惜成本。也正因为这种对品质的极致追求，使得郭培的礼服都无意间与中国的大事契合，春晚、奥运、威尼斯、外交、新文化视野……它的每一次绽放都被赋予特殊的意义,感动着每一个人。

郭培的礼服,每一件都似乎暗藏玄机。每一针一线每一朵盘花每一个纽扣,都蕴含着她的呼吸、她的心跳、她的智慧。因为每一件礼服的背后,都是一段生命历程的参与,无论制作者还是穿着者。

郭培的礼服,总能让你在震撼之余有所触动,总会引你思索,让你悟出些什么。

玫瑰女

郭培是谁?

如果你对这个名字陌生,那么提及北京奥运颁奖礼仪小姐的礼服,恐怕人人都会会心一笑。作为十多年来央视春晚的御用服装设计师,郭培,开创了中国高级定制先河。她的设计震惊了世界时装界。2011 年,《纽约时报》刊登了中国玫瑰坊定制时装的报道:"郭培的裙装能让巴黎最复杂的作品黯然失色。"她的名字在英文里依旧是 Guopei。郭培这样说,"如果我不是中国人,我就做不出这样漂亮的作品"。

对郭培,印象中,她的作品都华硕而奢华,而对面的郭培,却是那般娇小精致,安静而简单。黑色的上衣,绿色的七分裁边裤,黑色的凉拖,没有任何首饰,一头清汤挂面,干净淡雅的妆容,我不禁有些诧异,有种探究的欲望,这样一个娇小的女子,是怎样撑起那硕大华丽的礼服的?

谈话中,郭培笑容纯真,明丽清爽,真诚坦然,甚至有些孩童般的天真可爱。也许正是这份纯真才让她做到纯粹和极致吧。听着她的笑声,我的思绪却飘到另一个地方。记得一次跟艺术家岳敏君闲聊,谈起他的"大笑人",谈及笑,他沉思片刻突然说了一句:"你看啊,如果一个女子笑起来很舒服,那么她一定会成功。"这句话在郭培身上得到了最有力的诠释。

大金，2006 年"轮回"

小金，2006 年"轮回"

卡门（女王），2010 年"一千零二夜"

玫瑰梦

郭培，这个自称"特别有童话情结"的小女人，自幼心里就有一个大裙子的玫瑰梦。

1986年，郭培毕业于北京第二轻工业学校服装设计专业，是全中国服装设计专业的第一届毕业生。她的毕业创作是一条大裙子，为了能让大裙子在过门时柔软地变形，然后又优雅地蓬开，她跑到人艺学到了中世纪欧洲宫廷大裙子的制作技巧。

郭培在20世纪90年代成为一名重要的设计师，她设计的服装销量惊人，因为此，1996年，她获得"中国十大设计师"的称号。然而，郭培是个骨子里浪漫的人，她的大裙子梦又不安分地荡漾起来。

对于大裙子和设计的痴迷，郭培有一段佳话，当年作为面料经营商的丈夫向她求婚时，她放弃了钻戒选择了十万匹六万米的各种布料。

2006年，郭培成功举办了"轮回"高级时装发布会。静夜，独自坐在玫瑰坊大厅，顶层的玻璃辉映着"大金""小金"两条裙子，让郭培有瞬间的满足和迷离，这太阳和月亮一般的两个圆，耗时不菲。后来有人出价五百万要购买，她都拒绝了。她说那是她的梦想。她永远记得自己在巴黎战争博物馆看到拿破仑的衣服，那么精美的刺绣，而穿衣者的生命已经终结，她被生命的细节和面对死亡的态度所感动。后来在飞机上她看着晨光与夕阳的变幻，觉得那就是生命的轮回。而从另一个意义上，于郭培而言，其实也是一种生命的轮回。十年，从一个成衣设计师到时装设计师，那是一个技师到艺术家的华丽转身。

中国嫁衣，同样也是郭培情根深种的玫瑰梦。其实每一个女子心里都有一个嫁衣梦，那是白马王子与公主的爱情理想。每一个女子都对自己的嫁衣谨之重之。面对满世界的西式婚纱的盛行，郭培总觉得这里面少了种中国韵味。直到一个女孩拿来一件婆婆传给她的结婚嫁衣，那浓郁的色

中国新娘

彩与精湛的工艺，虽经岁月磨蚀，依旧焕发出的光彩和神韵，深深打动了郭培。从那一刻起，她决心做中国嫁衣。

于郭培而言，一件做工精良的嫁衣可以传承三代美好的记忆，而深蕴其中的那份美好的重托和希冀尤为感人。更遑论那渐渐消失的工艺，记载的是一个民族的血脉和历史。

2012年，郭培的"中国新娘"发布，这场历时三年准备的作品展令举世震惊，那一件件嫁衣，美到炫目美到迷幻。凤翔朝露、凤戏牡丹、行云流水……一个个充满民族风情的名字，刺绣、潮绣、珠绣、满绣……大量传统工艺的运用，与其说是嫁衣，不如说是五千年文明史和民族文化的演绎。历史从来没有被忘记，传承一直在继续。于此，郭培做的不再只是嫁衣，而是中国的嫁衣文化，对中国传统文化的重新认知和传承发展。郭培，郭培的一个玫瑰梦，无意中撑起了一个国家和民族的玫瑰梦。她没有想到那么大的使命会落在她头上，而她的偶发性动机却与时代的呼唤不期而遇。

玫瑰心

也许郭培的设计被笼上太多的光环，以至于会令人误解和担心，是否门槛过高？其实不然，郭培和她的玫瑰坊并不是一个令普通人望而却步的地方。玫瑰坊是一个敞开的空间，任何人都可以随时造访。而郭培对待每一个来访者都一视同仁，都是经过沟通和了解之后，当面画出设计稿。平等的尊重，延伸的不只是设计，而是一种人性关怀。

在郭培的顾客里，经常有一些妈妈为了女儿的一件婚礼礼服或是孩子的毕业典礼礼服而来。也有很多身家微薄的人，为了一个心愿而来，而郭培，总是尽量甚至是超值满足其要求。有很多参加星光大道的歌手来找郭培定制演出服，往往取得好成绩。于是坊间流传，只要穿上郭培设计的服装就能取得好名次的说法。于此，郭培只是一笑了之。

其实在我看来，那是一种心理暗示。因为郭培是一个幸福指数颇高的女子。她的一颦一笑、一言一行都传递着爱心和关怀。几乎每一个定制服装的人都最后成了郭培的好友，郭培通过设计服装，改变了太多太多人的人生。郭培的善解人意和为人处世的简单哲学，都在其言谈和设计里无声流淌。服装是能说话的，它诉说的是郭培的悉心关照，针针线线的生命感悟，以及玫瑰花香的转移。身着这样的服饰，潜移默化的爱的氛围，想不变也难。何谓予人玫瑰，手有余香，此同其理。

在这种层面上，其实郭培那不拘一格的高级定制，同样是一场轮回在上演。无论是华丽抑或素雅，都如一幅幅风景画般美妙，营造出一种细腻丰富的质感，冲击着人们的视觉，其间承载的自然、历史和人文等元素在传统与现代里碰撞，直指人心。而郭培，就是用这样一种独特的方式来构建起人类与自然、文化与历史的桥梁。

后记：

截稿时，适值她的"传承与永恒"在798创意广场举办，这是一场精美华服与西方古典家具的隔空对话。在这静态的厚重与丝柔、华服与家具营造的中西合璧的氛围中，静静地诉说着一名女子的优雅和沉思—— 何为艺术？艺术何为？何为传承？何为永恒？

艺术可以书写历史，并指向未来，源自于一份使命和责任，那就是艺术对文化的承载，对民族气质的敬畏。

而我眼前出现的是郭培的那些精美华服，裙袂在风中飞扬，宛若华夏玫瑰花季，重开一地灿烂，风情万种、芳华绝代！

郭向阳

整形外科硕士，副主任医师，美容外科主诊医师，整形专家。先后师从于中国著名整形美容外科专家、北京大学第三医院整形科夏兆骥教授，中国医学科学院中国协和医科大学整形外科医院周孝麟教授，美国 University of California Travis Tollefson 教授。中国时尚整形美容的倡导者和先锋代表。《中国科学美容》杂志特约编委，《医学参考报》医学美容频道专家库成员，《中国美容时尚》报特约撰稿人，白求恩医学院医学美容系客座教授。亚洲面部美容外科会员，中国医师协会整形与美容医师分会会员，中华医学会美学与美容学分会会员。在《中华医学美容外科》杂志等学术刊物上发表论文 20 多篇。多次赴巴西、韩国、日本、泰国、新加坡等国家进行学术交流。

你的脚步走在你的心上，花很长的时间，走很远的路，你才能最终成为你自己。

美丽蜕变，一直在路上！

天使的微笑

——郭向阳的整形人生

曾经，郭向阳发给我一首歌曲《天使的翅膀》，歌曲开端淡淡的钢琴背景音乐，衬托出徐誉滕略带忧伤沧桑的嗓音，略带颤动磁性的声音，幽幽划过心田。结尾一句悠悠的"我的爱像天使守护你"荡气回肠，令人的眼睛潮湿。

就这样在歌声的来来回回的流淌中，我反反复复细细研读他的一篇篇文字。漫不经心信手翻检来往的只言片语，我读懂了一个医者的思想和内心。我明白了一个一手执笔，一手执刀，且歌且行的行者的理想。从这跳跃着的文字里我触摸到一个整形医师制造美丽的激昂脉搏，我看到一个整形医师美丽人生的心灵轨迹。

——一个关于理性、关于未来、关于爱情、关于事业、关于民族、关于思索、关于梦想的人生魅力之旅…….

关于理性

他是一个很感性的人，在大学期间，他弹得一手好吉他，磁性的嗓音朗诵着优美的诗句，年轻的心谱写激情澎湃的诗歌行行。记得一次他朗诵一首海子的诗，泪流满面。他的骨子里流淌着诗人的气质。

他记忆超人，好诗从来过目不忘。他精力充沛，常常是手术到凌晨，第二天依旧神采奕奕。从事一个严谨而理性的整形行业，使他的思维和逻辑变得严谨而有条理。工作中，他严肃认真、不苟言笑；生活中，他随性幽默、温和淡定。感性的心，理性的思维，让他行进中痛苦着快乐着。快乐的是，看见美丽在自己手下诞生。痛苦的是，整形美容之精益求精的探索。

他的人生信条是"不为良相，便为良医"。心忧天下是他时时的写照。在柬埔寨行医的日子里，他备尝孤独寂寞。陪伴他度过一个个漫长酷热的黑夜白天的是一本本书籍，《鲁迅经典全集》《尘埃落定》，等等。大师先哲的理性思辨，现代作家的浪漫情怀，如诗语言使得他一读再读，并从中悟出很多人生哲理。

反复诵读中他体会历史过往或辉煌或沉重，也在回顾梳理自己逝去的似水年华。先哲大师们字里行间所散发的人性魅力，启迪着他的心灵，净化着他的灵魂，升华着他的理想。他思索着，一直思索着……

很多人问他："孤独吗？"他总是淡然一笑。

其实孤独是存于心而非流于形式，安于孤独则享受孤独，患于孤独则备感孤独！心里盛满爱和世界的人，孤独沏成一盏茶，在茶气氤氲中，细细品味人生。

关于思索

何谓大师？

在这样一个浮躁张扬、自我标榜的年代，很多人在利益驱使下自我膨胀着。但是面对荣誉，他清楚整形界的大师，世界级的，目前只有一个——米拉德，是整形美容学科的奠基人。教科书本上清清楚楚写着现在所有的整形医生都是他后来的弟子们！要成为大师最为重要的一点，就是人格魅力。拥有渊博的知识、精湛的技术并不一定能成为大师。因此从专家到大师，还有很长的路要走……

因为清醒，所以他明白要戒骄戒躁、心平气和、淡定从容，专心行业、精练技术，以道德和良心为基础，做有意义、有价值的工作。他如是说：做医师最重要的是作为人的本质和作为医生的本份——仁慈之心照耀下的治疗效果！而整形美容外科医生的手术质量，恰好是写在病人脸面与体表上的。如果能映照进病人的心里，那才是最好的！最上乘！

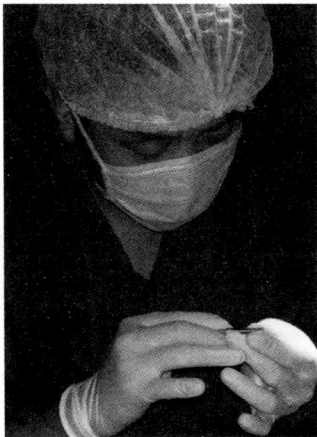

郭向阳在手术中

思维不断延伸，真理越靠越近。然而越是思索，越是痛苦。作为整形美容外科医生，他所选择的是一条和别人不一样的道路，这是身体和意志的考验，肉体和精神的磨难。"行不近佛者不可以为医；德不近仙者不可以为医。"做整形美容外科医生，需要德智体全面的素养，医学知识是最原始、最基础的那部分。更多养分的汲取和供给，需要用毕生的心血来奋斗！

他时时思索着如何通过自己辛勤的双手劳动，给就诊者身体塑造100%的美丽。明明知道100%是不可能的，但追求100%的愿望一直存在！这种内心的煎熬是痛苦、痛苦、再痛苦……入行十年多，他就是这样一种被折磨和忍耐的生活状态，但他心中一直存有一份美好的愿望，对自己理想的追求始终坚持，从未停步。他信奉着追求着！正如王朝刚教授留言"越是负责任有良知的医生，苦恼就越多"。他喜欢这种感受，享受这种状态。用他的话说就是"痛并快乐着"！

生命的意义！一步一步都需要用自己的双脚一步步来丈量，这样的生命才方显其意义。而这个过程所能收获更多的是孤独！孤独的沉淀终究有一天会展示给世界一个惊喜！

他懂得孤独，因此而有收获！他享受孤独，因为他一直在路上！"凡大医治病，必先凝神定志，誓愿普救含灵之路"，用孙思邈的话来诠释他吧。

关于文化

他喜欢探索未知，喜欢冒险，喜欢挑战。在不断探索过程中，内心不断挣扎着，内心积聚太多，需要吐纳。这就有了《做整形美容外科医师——我在柬埔寨的日子》那一系列优美的游记文字、异乡见闻和切身感悟。身在异乡的日子里，他随行记下自己对柬埔寨这个国家的点点滴滴的感受，对这个国家和民族的前途的忧虑与憧憬。他时时思考着……

异国他乡的日子里，郭向阳多次去吴哥窟看石头，堆叠的石头，屹立在天地间，残缺着，无声地述说着历史，层层叠叠的石头层层叠叠地感动着他！……他流连徜徉其中，他听不到历史伤痛的呻吟和哀怨，他看到的是绽放的高棉的微笑。那微笑，温暖悲悯，感动了无数人，也让他感到这个国家希望的存在！而占金边人口四分之一之多的华人已经深深融入了这个国家，这个社会。

随着岁月的递增，归国后的郭向阳开始沉淀，开始思索，他回顾了自己走上整形医师这条道路遇到的种种人和事。他写下了长篇小说《32床》，一个影响他一生的病友，一个给予他人生哲学思考的智慧人。每每听他讲述那一个个片段的过往，我突然觉得郭向阳不再是那个记忆中的阳光大男孩，而是一个成熟的魅力男人。他的言行开始变得思辨，开始关注人文。他的医术日臻精湛，成为业界翘楚。而他的人也越来越沉稳、越来越平和、越来越从容，他更勤于读书了，他说开卷肯定是有益的。

郭向阳在吴哥窟

关于生活

这个出生在黄土高原的陕西汉子，这个成长在大山深处的农民的儿子，他的执着，他的坚强，他的品行，他的责任，他

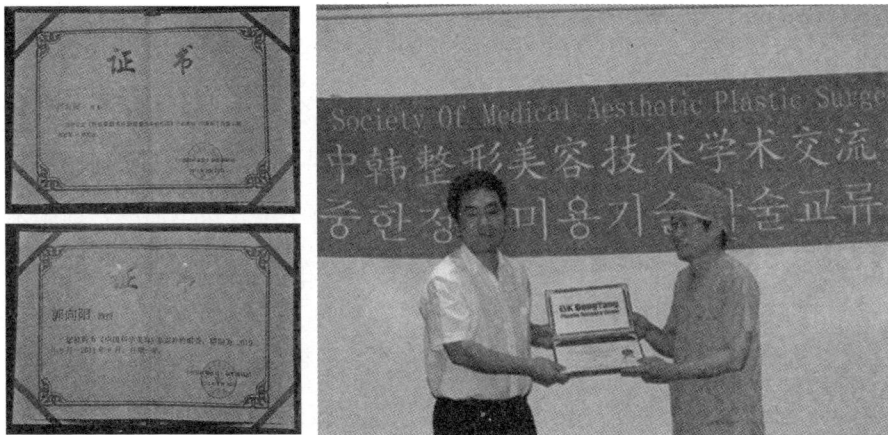

郭向阳在韩国进行学术交流

的爱情，他的生命感动着人。看着他你会觉得心里没有距离感，觉得很诚挚、很坦然，是心底流露出在他眼睛中的坦诚感动着人。

乡村哺育了他，随着岁月的流逝，年龄的增长，他对乡下的依恋与日俱增。家乡魂牵梦萦在他的梦境中。在国内的时候，每年他都回家乡住一段时间，感受亲情的温暖和田园的纯净。感觉是对自己思想情操的一种陶冶。似乎灵魂得到净化，心灵得到升华。

他钟爱农村的生活，喜欢那份宁静恬淡和融洽。他梦想着老了时，在乡下买块地盖个房子，种种菜养养花，树荫花架下下下棋，写写东西，或者静静看书，或者细细玩味一盏清茶，或者什么也不想，眯着眼打盹。这是他梦想的生活。

他阳光中蕴含沉稳，成熟中有丝稚气，纯净中透着聪智。当年他神采飞扬的青春迷住她。相互扶持，相濡以沫的爱情孕育一个小精灵。当他怀抱机灵可爱的女儿，脸上洋溢的温情，感染了观者。

他喜欢雅尼纯净的音乐，他心存一份佛性。一路行医，一心向善！光阴似流水在从容淡定中缓缓流淌，时光与经历定格成一种态度，以热情和信念，美丽前行。

关于理想

从 1998 年他进入整形美容行业至今已十七个年头。十七年光阴弹指一挥间。不经意间，人生一如风穿树木，稍纵即逝。忙碌的闲暇时，不由感叹人生短暂真是白驹过隙，屈指算来，有几个十七年可供消磨？前尘不可数，来生可追。他常说"生活的理想就是理想的生活"。

问他选择整形行业后悔吗。他沉默片刻，眼神中依旧是沉着深沉，"不后悔，虽然这个行业有太多的酸甜苦辣、喜怒哀愁，也只有身临其境、身在其中才能体味得最清楚、最深刻！我会一直坚守一个外科医生的职责，用我所受的教育，用我与生俱来的良心做担保，把它放在人生的第一位，我希望发挥展现得淋漓尽致！"

这个来自莽莽黄土高原的大山的儿子，他有着坚毅的品格和宽广的胸怀。多少个夜晚，辗转难眠或者从梦中惊醒，只因为心里时时装着病人，只因为希望幸福的笑容能在每一个就医者脸上绽放。

对这份创造美、塑造美的职业的挚爱，让他竭尽所能，一如既往，矢志不渝！一个个美丽的人生在他面前一页页翻新，他觉得无比幸福。这就是一个整形美容医师的理想啊。

一颗感受美的心灵，一对发现美的眼睛，一双创造美的手，就这样让美丽和幸福从自己手中诞生盛放，还有比这理想更美好更灿烂的吗？

郭向阳爱笑，笑起来眼睛眯成一条线，嘴角弯起，这样的笑容暖暖的。有诊友恶搞，给他的笑脸 PS 了一个佛头，竟是那般和善快乐纯净的笑容和如佛的眉眼。

沈洪

1958年生人。祖籍上海。中国人民解放军总医院(301医院)主任医师、教授，博士生导师，南开大学教授，博士生导师。曾任急诊科主任，中华医学会急诊医学分会副主任委员，中国医师协会急诊分会副会长，全军专业委员会急诊专业会主任委员，北京医学会急诊副主任委员。国际红十字联合会指导专家，全国医学院校大学本科统编教材《急诊医学》第一、二版主编，多家医学杂志主编、副主编。

曾记得一次素描课上，同学们就素描有没有颜色争论不休，老师很生气地说素描是单色画的总称，有啥好争论的。然而，在多数人的意识里，素描是没有颜色的。如同医生，这个职业，人们对它的印象就是白色一样。其实作为美术层面的素描，着重对造型能力的培养。作为一种正式的艺术创作，素描也可以表现直观世界的思想、态度、情感等抽象的形式。不同的笔触营造出不同的自然律动感和空间质感。那么，作为医生层面的素描，也不只是单一的白色。有的医者，甚至是丰富多彩的，而这种多姿多彩却是用最最简单的白色一笔笔勾勒出来的。

素描不是没有颜色

——301医院博导沈洪的艺术人生

他是医者，却是医者中的文人。

他是文人，却是文人里的医者。

如果剥离他的职业，那么他在中国传统文化的修养层面上足以傲视，无论诗词歌赋抑或绘画鉴藏，无论易理，还是中医。有人甚至说他比中医还中医。这说辞虽有些夸张了些，但并不言过其实。

他是谁？

他是中国解放军总医院急诊科的博士生导师沈洪教授。

与沈洪成为忘年交的发端竟然始于对诗联句。一开始我随性写一些诗词，他却能用英语翻译成句。接着他写出对联，越来越难，字生僻，且内涵有则，我逞能强对，实则勉力而为。至最后，我翻白眼："这些生僻字本已少用，我们还钻这牛角尖何来？"虽说有一定道理，但总应了强词夺理之嫌。他从不夸我。后来，一起爬山的老友说："老沈经常对我们称赞你，每每你对出的对联，他赞为'绝对'。"听此言，无比汗颜。

一年春天，我们老少参差不齐几人去爬山。山风清冷，松涛呼啸，一眼望去远处尚且干枯光秃的香山。对香山红叶，沈洪引经据典，末了他叹息："红叶本是香山一景，是特有的文化，应该遍植枫树，而不是其他花树杂种。纵使秋来五彩斑斓，却少了一种味道。"我接口说："少了种层林尽染的气势！"

这番对话从来记忆深刻，为他那渊博精深的知识，信手拈来的信达，言谈举止的从容。归来向沈洪约稿，他写了一篇《踏青寻意处》，文字美，更是嵌入易经四时与养生知识，他说："（人们）在喧嚣的生活环境中，年复一年忙碌着日常琐碎的事务，却忘了生命与自然相依相长，休戚与共的关系……到春天里走一走，你能嗅到阳光、土地、溪流、嫩芽共同酿造的气息，深深感受融在自然的恩泽之中…… 人生于养。颐养的精髓在于'天人合一'，即为顺应天时……春天，踏青也许是最好的寻找自我，抒发心境的方式。"

何时恋上行走？我没有问沈洪，只知道他把爬山作为制度和习惯，每周坚持走 5 个小时，在感受大自然的馈赠时，问候日出，感叹太阳每天都是新的，满心喜悦。"行走不在于它的本身，更有意义的是它带给你不一样的心境。如果你与自然贴得更近，你会感受真我。"他如此定义。他戏称自己"老男人"，认为过了玩酷，玩帅的年龄，应该归于至纯至简。当初他提议爬山，参与者众，然而渐渐寥落。前几日我问他现在还坚持吗。他说只剩自己一个人了，好在儿子要回国了，他们俩一起去。一件小事就足见一个人的性格里的执着。

"清露落了，串成珠，像走过幽深的长巷。你的颜色淡却了，散落在水洼里。一次漫长的行旅，直至熟褐染暗的秋季。当停留白色的帐篷前，一曲熟悉的歌融化了，属于虚无的期待。"

"雨在雾里，夹着丝丝寒意。梧桐枯了，却少了寂寞；如果你还介意，何妨忘记，落得无心无语。"

"坐在窗口去读懂窗外，旅行并不为享受快乐，而是让心更贴近自然，当不断对缠身的名利失忆，便回到无忧虑的童年，你会有心思地去数星星。"

……

行走间，随手拍摄，画面截取也颇有几分艺术风范。随手记下自己的感悟，文字优美。这一切无论如何都会令人觉得他是一个文艺青年，谁会想到这是一个知天命的"老男人"呢？他经常用随身携带的 iPad 随手作画，无论是桃花烂漫、油菜花香，抑或香山红叶、银杏大道，颇有印象派之风，足见其深厚的油画功底。

原来，40年前，沈洪追随几位美术教师习画，主攻油画，他梦想做一个大画家。1977年恢复高考，沈洪听命于父母，报考医科大学。人生总是这样，因缘际会，选择无奈。但是何其巧合，他完成了父亲年轻时候从医的夙愿。很多时候，命运让你无从选择，回首时只有感恩。沈洪清晰记得1979年的一天，两个陌生人把那份证实父亲问题的材料，当着他的面从档案里拿出销毁。大学毕业时本已留校的他，却在最后时刻应征入伍，与生长的军队环境前缘再续，30年不离不弃，并将在一家医院工作至退休。

一直好奇，沈洪何以能文理书画皆通，气质里有很精致的一面，而骨子里却有一种宁折不弯的豪气。问及他的出身，祖籍上海，父母曾都是军人，父亲出身优裕，因为错划右派而被下放。在东北生长了20多年，自己做了3年知青，性格中熏出了东北的豪爽味。他还保留着17岁插队时的一个速写本，一页页都是对房东和乡邻的画像。有过给乡亲画一张像回馈以炒两个鸡蛋的岁月，回忆总是心酸而温暖。艰难生活的经验成为他一生取之不竭的财富，塑就一个人朴素的信念。有一次，他参加几个画家朋友的画展，画廊老板建议他搞一个非画家的专家学者"跨界"展。

跨界，在当今成为一个令人艳羡的才能，而在沈洪这一代人身上却熠熠生辉。是生活、是阅历、是感恩、是真诚，还是天性对自然的皈依，我不得而知。

与沈洪谈话，他时不时踱到窗边，给杜鹃花剪枝洒水。当年一位朋友送这盆花给他作为节日礼物，然而花开后就凋零枯萎了。他不忍丢弃，日复一日用水浇灌，半年后竟新芽重发。此后经年，一年三季，次第花绽。为此他赋诗："一朝滴水恩，三春繁花报"。花落时，花盆侧一方砚池接住。砚池是由一位为麻风病人奉献八年光阴的医生赠送。看花睹砚，沈教授都告诫自己不轻言放弃，无论对病人还是对学生。他常常对前来探讨课题的学生以花为例，投入必有回报，循循善诱，拳拳之心。风起时，听风的韵律，草长时，听生命的萌动，品味平淡生活的美好，参悟平凡里的安然。很多时候，看似琐碎的生活片段，常常潜藏着人生大哲理，真智慧。

上面说的都是沈洪的生活，那么作为一名军医，他的职业工作呢？

"十多年前，一直做了十几年心脏专业，从事冠脉介入手术，一天下来筋疲力尽，全身瘫软，白细胞下降，放射线的损害是累积的。后来不做了，不是怕苦、怕吃 X 线，而是更偏爱挑战疑难症的临床思考，转入急危重症救治领域。"一段话说明沈教授曾经作为心血管科内科副主任医师，干着最让人羡慕的血管介入专业十几年。后来转入急诊，却发现急诊领域的博大精深。于是他笑称自己是"赤脚医生"似的全科专家，精于急难，触类旁通。

说到这里，沈教授提到最美乡村医生做客中南海的事情，他很认同乡村医生，提到乡村医生遇到的问题：一是学习机会少，设备简陋；二是风险大；三是收入少；四是没有养老保险，退休后没有保障。他也一直在思考为何老百姓看病难，就医难。

说着话，他拿起手机给我演示他穷尽自己近些年心力研制出的一款自诊系统就医软件。通过演示，我能看到这个自诊系统其实是一个自查自诊指南。通过它，在遇到突发疾病时，就可以判断出自己大致所患疾病、病因以及就诊方向，从而提高病人就诊准确率，解决看病时不知所措的窘况。一个医者，心怀天下疾苦，善莫大焉。

沈洪

"学不贯今古，识不通天人，才不近仙，心不近佛者，宁耕田织布取衣食耳，断不可作医以误世！"明代裴一中《言医·序》如是说，可见一个好医生应是高尚医德和精湛医术的完美结合。"悬壶济世"成为医者普世情怀的最好阐释。一名医者身上应该体现出热爱生命，对生命充满敬畏和人道的践行。

301医院急诊科是卫生部急诊医学专科教育基地，承担着繁重的医、教、研和急诊病人的救治任务。回忆2003年3月，301医院急诊科接诊北京地区首例输入性SARS病人。医院立即成立了由沈洪等教授组成的专家排查小组，加强对抗击非典的研究与指导。面对突如其来的考验，他们以收治百例SARS病人，而无一医务人员感染的实例，交了一份合格的答卷。沈教授牵头主编我国第一版医科大学本科统编教材，提出急诊要"救人治病"，"多能一专"的发展理念，提倡医学教育最不能缺失的是人文内涵。他赞赏布鲁特医生的墓志铭："很少治愈，常常帮助，总是安慰"。他说在医疗手段不断进步的今天，医学仍不是改变人类命运的根本手段，只有把视觉拓展到生物—心理—社会—环境的医学模式才是医者所必备的，这在医疗科技高度发达的今天仍不失一剂能医百病的良药。若像待己之父母子女亲人的态度待人，则天下心平，医患纠纷也会少许多吧。他曾经做过一个医患沟通项目。他认为沟通的第一要素就是倾听。何谓大善大医，那是一个目标，医者一直在路上。古人云，医者，父母心。

当下，有很多医生不愿佩戴听诊器，更多依赖于CT、MRI、超声检查仪等，沈教授呼吁医生更要相信自己的耳朵，拿起听诊器。他说，瞬息变化的罗音、杂音、摩擦音、肠鸣音的发现，再方便快捷不过手中的听诊器。他曾经写过一篇小文《我思故我在》，再次发问"我是谁，从哪来，到哪去"。探讨的就是人文精神与医学科学间的哲学关系。那么生活到底需要我们思考些什么，只怕需要我们穷尽一生去追问和思考。

有人曾怀疑沈洪："您是医生吗？更像一个作家。"

"一般人认为医生就是专家，可医生更应该要求自己是一位学者，要懂得文化。中国古时名医文章就是优美的散文。"沈洪如斯回复。

他曾用中医学诊察的"望、闻、问、切"法作藏头诗。道：

望：沧海扬帆云水天，风正起，彼岸有何年。
闻：书声清朗万千篇，怎奈得，脚下路艰险。
问：世事沧桑几度难，意莫乱，功匮在前缘。
切：莫道琴心化剑胆，形神间，生死亦循环。

于我观来，遑论作为医者还是一个文人，支撑沈洪的不仅仅是求知，更是人性的回归！

一哲学家说："让迷途的牧歌去寻找自己的家园。"

后记：

去年，沈洪与朋友做了一次小型的双人展，展出了他的部分素描作品。今年，看见他晒出来的自己在瓷板或瓷盘上的绘画，技法愈发老到了。记得去年初夏，我们小聚，谈到他的作品，我随口说了句"印象的写意"，他马上说："就这个，对，就这个，以后你给我写评论，就用这个说法，不许用在别人那里。"我们都哈哈一乐。虽是玩笑话，但这个说辞我从来没有用在其他文章里，我一直为他留着。而我还欠沈老一篇美术评论。

陶泽如

1953 年生于江苏南京。中国影视男演员，国家一级演员，南京艺术学院影视学院院长，江苏省电影家协会主席。毕业于南京艺术学院戏剧系话剧表演专业。主演电影有《一个和八个》《晚钟》《大磨坊》《南京大屠杀》等，主演电视剧《天网》《阿Q 的故事》《黑洞》《黑血》等。先后获中宣部"五个一工程"奖、国家政府华表奖、中国电影金鸡奖、百花奖、中国电视飞天奖、金鹰奖、上海国际电视节"金爵奖"、柏林国际电影节大奖"银熊奖"等。

意大利著名导演费德里科·费里尼说过：没有结束，没有开端，只有永无穷尽的生活激情。我觉得这句话会伴随着我整个艺术人生。

——陶泽如

在国内众多演技派明星中，陶泽如算得上是极富个性的一位；陶泽如对人物的塑造非常准确，无论是眼神还是面部表情都非常丰满，有他加入的作品很出彩。

——杨亚洲

笑傲江湖

——陶泽如速写

"沧海一声笑，滔滔两岸潮，浮沉随浪只记今朝……豪情还剩，一襟晚照。苍生笑，不再寂寥。豪情仍在痴痴笑笑……"

黄霑的一曲《沧海一声笑》，脍炙人口，引得多少人一襟豪情，长啸一声，仗剑天涯。江湖，何为江湖？"江湖"二字，拆开来是三江五湖。古龙的一句"人在江湖，身不由己"，让江湖在人们心中有了一种悲壮苍凉的魅力。每每提及"江湖"二字，眼前总能浮现出一介书生，羽衣纶巾，瞩目茫茫黄沙大漠，长河落日，孤烟一注，长剑出鞘，寒光映日凛冽。或者一身落魄，奔走在静寂的夜色中，风吹起宽大的衣衫，猎猎作响。长发遮额，满眼沧桑。

一日，在一次画展上，偶遇陶泽如，不知怎么回事，我总是把他和江湖莫名其妙地联系在一起。他衣着随意休闲，看作品时，目光很深沉。然而笑的时候，随和中透着沧桑，还带着一丝坏坏的味道。略微有些谢顶的头发，有了些灰意。开口说话，低低地、很浑厚、很磁性，不愧是学过声乐的。他坐在沙发上，温温地闲聊，聊他的事业，说他的家人，说他对影视业的看法。谈及当下影视的速食现状，神情中有一丝忧心和无奈。他说："相对精品和经典少了。"他很技巧科学地用了"相对"二字。

闲聊中知悉，民国抗日大戏《大浴堂》和顾长卫执导的《最爱》，其

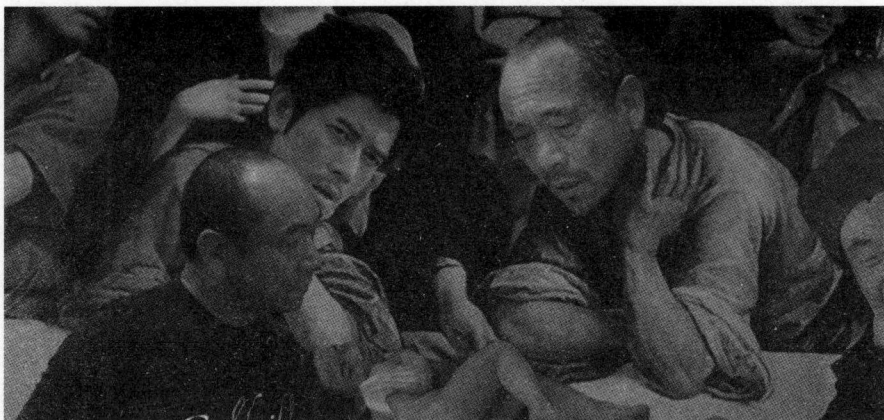

2011 年，顾长卫导演电影《最爱》，陶泽如饰艾滋病村校长老柱柱。影片获第六届罗马国际电影节最佳影片奖

中他都担任重要角色。问及他最近拍什么戏。他说在《王的盛宴》中扮演范增。他笑笑说："岁数不小了，只能演一些老角色，年轻时没有赶上好时候。"笑容里带着点萧瑟和自嘲意味。我回："这样的角色，需要阅历和时光的沉淀，年轻是驾驭不了这种角色的，因为缺乏一种沧桑感。"他憨憨一笑："那倒是。"突然他话语一转，对身边的老姐姐说他现在的房子，言语中不失得意的笑容。他说房子装修得很有艺术感，颇有地中海风情，大海的包容和阳刚都不言而喻。

望着眼前这个似乎并不大红大紫的影帝，这个金鸡奖和飞天奖最佳男主角奖获得者，一直以来，并不像很多艺人明星那样热闹。他更多的是一种置身其中而又游离于外的状态。演艺是事业，但他又对浮名保持着一种冷静和淡定。一如他的笑容，温温的憨憨的，带着一丝"嘎"意味。

这个属于大器晚成的人物，靠着自己的沉淀和修养，一刀一凿地雕刻着自己心中的艺术，也在观众心中雕刻着自己的戏骨形象。身为南京人，古老的南京，沉静、优雅、安逸的气质中带着一丝悲情意味，这种气场熏染中长大的陶泽如，在南京话剧团的日子里，他的时光都是在写生中度过的，滔滔的长江水、苍凉的夕照长河、悠悠的点点远帆、中山陵飘飞的落叶都存照在心底。每周两次追随著名小提琴演奏家盛中国的母亲朱冰老师学唱意大利歌曲。曾经的文艺青年，曾经的沉寂，曾经的苦闷，一切的一切都是后天的准备，厚积薄发可谓贴切。沉淀，沉淀随着时光的积累散发出幽幽的光芒。

闲暇时，一卷书，一盘棋，一曲歌剧或者纵马奔驰或在篮球场上挥汗如雨，于此，他更珍惜宁静真实的生活点滴。他从不承认自己是明星，尽管演员是他的职业。他更愿意以艺术的心态去用心雕刻自己的角色，以及生活中的一切。他简洁而优雅，朴质而大气，粗犷又恬淡。这个资深的老戏骨，这个 20 世纪 80 年代与中国"第五代电影"崛起息息相关的形象，他的温和的名字和个性的面容，深深地刻在观众心上，从此难忘。他有独步江湖的资格，却从没有傲视天下的心态。他只是笑，笑得意味深长！

眼前这个已过天命之年的男人，眼神和气质中的江湖味，似乎总能令人联想起沧海一叶，一曲《沧海一声笑》在沧海雾岚里缥缥缈缈，而他的笑容在滔滔江湖水中浮沉荡漾……

补记：

2013 年，对陶泽如而言，是一个丰收年。他在《哺乳期的女人》里饰演的旺爷一角获得第一届农村电影节"最佳男主角"的最高奖项。同时这部影片又斩获加拿大第三十七届蒙特利尔国际电影节艺术创新大奖。

虽然与陶泽如偶尔会通电话，见面其实并不多，但是对近几年他的演出动向一直关注。从《王的盛宴》里的范增、《最爱》里的老柱柱、《百鸟朝凤》里的焦三爷到《哺乳期的女人》里的旺爷，再到《生死血符》里的"第一村干部"马保财等，一个个银幕角色，在他松弛而真诚的演绎下，塑造出一个个血肉丰满的真实形象。

作为演员，观众记住的不是你，而是你饰演的角色，甚至以角色的名字来称呼你，才是你的成功。于陶泽如而言，他是无愧的。演员最大的弊端就是容易表演程式化，陶泽如不同，他阐释的人物恰恰是去符号化，更

2013 年，杨亚洲导演电影《哺乳期的女人》陶泽如饰演旺爷，影片获加拿大第三十七届蒙特利尔国际电影节艺术创新大奖，个人获第一届中国优秀农村题材电影最佳男主角奖

没有陶泽如式的泛化。每接拍一个角色，陶泽如除了认真研读原著琢磨剧本，更注重观察和体验生活，最重要的是他接拍的角色愈加接地气，更贴近平民的生活。回首他从影的 30 多年，一路拍摄的影片，从阳春白雪到下里巴人，对人性的挖掘和忧思，无出其右者，有着一种人文大情怀。

正因此，陶泽如很好地诠释了特定年代、特定语境、特定人物的真实性，角色背后的深刻解读以不动声色、举重若轻地刻画和勾勒，不刻意、不特意，却合理、真实、自然。每一个角色都是一次新的尝试、一次新的突破，生性倔强的陶泽如都全身心地投入其中，在别人的人生里淋漓尽致地演绎自己，在故事里诠释着自己对生活人文的哲思，一板一眼，力度深度炉火纯青，耐人寻味。这就是陶泽如，感性地呼唤，理性地思索。很多时候，在他身上总能感受到一种悲壮，这种高贵的悲壮感与他的出生地——六朝古都南京的气质是那样地契合，一如他那张硬朗的脸，雕塑般冷峻而深沉。

记得他的一个学生说，他要求男生留短发，糙一点，就会体会男人的那种厚度和质感。几日前，见到准备休整一段时间的陶泽如，依旧朴素、依旧真诚、依旧寡言，但掩饰不住蕴积于内的成熟魅力和慈悲气场。这个戏路宽泛，做人做事都低调规矩的表演艺术家，谈及曾经的《最爱》的遗憾、吴天明的逝世……他沉默下来。所谓长剑在手，纵江湖啸傲，也有无奈怅然处。

从来事，我辈岂是蓬蒿人，无冕之王在民心。

江湖漂，长剑击楫踏浪歌，归来花香嬉蝶舞。

左旗

山东青岛人，经济学士、商学硕士；电台主播、诗人。1997年，左旗担纲青岛电台文艺频道主持人，播音名杨轲。由他主播的"曲苑彩虹"节目荣获中国广播政府奖一等奖。2000年，在澳洲求学兼任当地2CR电台主播。2004年，创"声音艺术工作室"，并兼职青岛电台新闻频道策划顾问。曾为济南电台新闻频道、福州电台文艺频道、安徽电台交通广播等多家电台进行过整台包装。他为青岛广播电台制作的公益广告获得了全国二等奖，由他开办的全国第一份听觉杂志《听周刊》，有声有色。2007年，获得中央人民广播电台经济之声全国年度魅力声音金奖。代表作品《爱在左岸》《风中的消息》《女人香水》。开创新派朗诵学。

听，季节的声音；
听，岁月的心声……

回声
—左旗朗诵艺术

清晨，开窗，在这个北方干燥的寒冬，初雪的味道涌满室内。此刻，音响里正回荡着你的朗诵《听，风在吹》。声音里带着雪的气息随风飘荡，湿湿的，抚摸着我的心。倚在窗前，任雪花在我脸颊绽放朵朵清凉，前世的清愁和今生的微笑就起起落落在你天籁般的声音里，一波波绵延流过我的心底。一份难以名状的感动，穿越了时空。

清晨，开窗，在这个干燥的北方的寒冬，初雪的味道涌满室内。而此刻，音响里正回荡着你的朗诵《听，风在吹》，声音里带着雪的气息随风飘荡，湿湿的，抚摸着我的心。倚在窗前，任雪花在我脸颊绽放朵朵清凉，前世的清愁和今生的微笑就起起伏伏在你天籁般的声音里，一波波绵延流过我的心底。一份难以名状的感动，穿越了时空。

人类的语言是一种对生命质感的诘问，而沉默是对生命的耕耘。从惶惑期待到生命绽放，是对遍历人生过后的心情释放时的生命的回声。那种用反复和沉默来启迪生命的回声，是否有人可曾用心聆听过？在倾听你朗诵的静默里，思绪却飘向几年前。

第一次认识你是在新浪 uc 新派朗诵的公益教学房间，你正一对一地辅导。磁性的声音，优雅的谈吐，魅力的诵读。曾经对朗诵远远避开的我，彼时却发现原来朗诵可以这样直指心灵。曾经悠然的日子里，枕边放着优

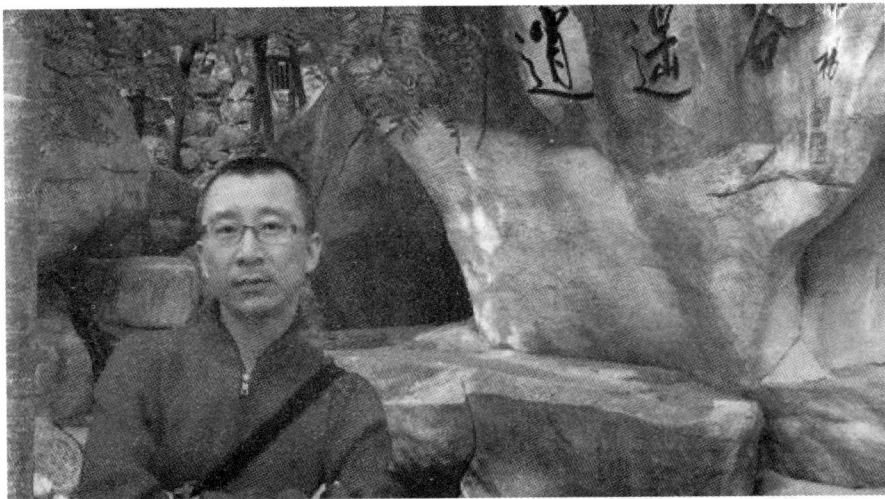

左旗在逍遥谷

雅的散文小品，耳边流淌的是幽幽的音乐和你优美的朗诵。有时会拿起笔写一些或清淡或忧伤的文字。离开故乡的日子，电脑里存放了大量你的诵读片段，游离在外，朗诵却一直固守在心底。在最忧郁或最浮躁的时刻，你的声音慢慢抚平我的忧伤。

"流年"二字太过贴切，生命在四季轮回中似水流过，而你的声音却一直平平仄仄着岁月光阴。你的诵读似年轮一圈圈叠叠着生命的厚度和质感。常在你的旋律中沉醉，抬眼时，惊觉已经换了天。

你以文字进入电台，却以声音攫取了听众的心。你是商科出身，却从事着感性的声音工作。在你的诵读中，我体会到的是朗诵的美感，而不是那些字正腔圆的叫喊。在你改编的诵读里，文字有了分量、有了质感、有了温度、有了色彩、有了情感。你说，诵读唯一的标尺是文字。

是啊，有文字在。文字，从古至今，经历了多少惊涛骇浪、风风雨雨。优美的文字，如大自然的灵气一样，滋润着我们的心田。这些文字的精灵在你的声音里，收放自如，如风中的落叶，翩然飘落。然而你瞬间爆发的声音的亮点，又如骤然迸发的火焰，灼痛了我的心。那声音里有屈原的奇诡、李白的浪漫、杜甫的沉郁、苏轼的豪放、清照的婉约……

你赤足行走在艺术朝圣的路途上，足迹被风中的细沙铭记，镌刻成身后永恒的岩石。原以为遥远的距离，只不过是一转身一回头而已。回味总是苦涩里饱含甘甜，而声音却久久徘徊，在空气中悠远悠长地回荡。此刻，正是你为世人所承认，而你依旧从容一笑，声音里满是恬淡。

遥想 20 世纪 90 年代，年轻帅气的你在青岛电台，三年时光，你就获得了业内的认可与推崇。最忙碌的时候，你一天做音乐、京剧和娱乐三档节目。然而不羁的你有了困惑，渐渐觉察出这个职业的局限，你有了一种危机感。如果单单为了积攒资历，那么声音艺术一辈子不过如此。几乎没有想过退路，你毅然决然离开了电台，那是 1998 年。之后你在北京第二外国语大学学习，与当年的北京广播学院一墙之隔，你却从来没有去听过一堂课。正是这种没有任何传统教育的桎梏，却积累了大量直播经验的你，对声音艺术有了更直观、更清晰的感受。真实、自然是所有艺术创作的共同追求，而事实上，目前的朗诵艺术却还沉湎于夸张做作的创作套路中。长期以来，朗诵只是播音或者舞台表演的副产品，几乎所有的播音员、主持人都无形中成了朗诵的代言人。你痛心忧虑，你强调朗诵的规范化，把朗诵提升为严肃的艺术。为此，你一直不懈地努力着、实践着。

赴澳洲留学期间，作为澳洲电台的中文主播，你在闲暇之余录制了一些诗歌、散文，一经播出就在当地华人中引起了轰动。2003 年你归国，2004 年你开始对多家电台节目进行包装，同时在网络上开创新派朗诵。你的公益教学一开讲就吸引了大批学员，无数人为你的声音所倾倒。你命名左旗，左派旗帜，无疑有着一种革命者的勇气和豪迈。你本无意树敌，却也不惮非议。"倡导自然的声音，抒发真实的情感"，在充满快乐的探索中，你也深深体会到了推行的艰难。面对嘲讽、排斥、批判，你泰然自若。因为你知道自己没有错，你只是静静地说，打开耳朵，来听一颗真诚的心吧。"心"，这个字，是一种怎样的虔敬。

2007年，"寻找最有魅力的声音"是经济之声也是中央电台首次以

"声音"为号召进行的全国性选拔活动，共征集参选作品6000多件。经过长达半年的赛程，你过五关斩六将，最终摘取"魅力声音"金奖桂冠。犹记当时央视记者和你连线，你的声音依旧平静如昔："我觉得最开心的不是我一个人得奖，而是首先有了这样一个好的平台，在全国范围之内唤起大家对声音魅力的重视。"经年后，你笑着对我说："那次比赛，我更希望让大家知道，追求真实和自然的新派朗诵，没有错！"

你说朗诵艺术仰之弥高，钻之弥坚。这些年你一直潜心教学，在大量实践中，你不断探索着朗诵艺术的创作规律。你认为，朗诵不是简单的声音控制和感情渲染。只有对文字深入地拆解和剖析，声音才会直达心底。

你把朗诵通俗地分为三个阶段，一是"心灵嘴笨"，二是"有口无心"，三是"言为心声"。而心声，才是朗诵艺术的终极目标。你感叹，一直以来，我们都缺乏正确的朗诵教育，缺乏具有时代感的朗诵文本，更缺乏严谨的朗诵创作标准。不久前，你在一个公开的场合座谈，你说任何一门艺术，如果没有严格科学的创作、评定和鉴赏标准，都会任人践踏。你呼吁，朗诵是一门严肃的艺术，我们今天的努力，是为了将来的孩子，现在的年轻人，以及所有对朗诵抱有偏见的人，都能够重新认识朗诵这门博大精深的艺术。

你认为，文字，是朗诵的创作基准，也是无可争议的刚性标准。朗诵的目的就是要准确地"传情、达意"。迄今为止，你通过长期的实践，已经累积了150多篇声音范本。每一篇诵读文字，你都精心修改。你发现很多文章，包括不少名家、大家的手笔，都存在着文字冗长、拗口等诸多问题，其中不乏遣词造句的错误。你痛心，文字之于朗诵，是多么需要重视和警惕的事情啊！长久以来，我们有太多的人都是在捧着病句，却依然读得声情并茂。

你提出朗诵的学习，相对于字音的精雕细琢，更应该注重句子的完成度。而诵读中的断句、重音、贯串、整合乃至跳转，无一不是为了体现句子清晰准确的轮廓。你强调，一个优秀的朗诵者不能缺少"角色感"，但又不能"角色化"。事实上，这些支撑着朗诵艺术独立行走的理论结晶，却被许多人置若罔闻。传统的朗诵教学，多以普通话入手，从吐字归音开始。你担心那时还未入门就沾染了通病。你反复重申，朗诵的基本单位，应该是那些活生生的句子，而不是一堆僵硬的字词。

你认为声音是修养，但朗诵，除了对声音的驾驭，还需要对人生有着丰富的体悟，对文字有着细腻的理解，而朗诵的最高境界就是"心声"。朗诵是一门综合的艺术。这门艺术，没有天才。

多年来，你一直以文字为标尺，文字给你以感动。你由最初的"新派朗诵"独树一帜，到今天，通过不懈的实践和钻研，将朗诵升华为一门科学、严谨的声音艺术。最近你正准备写一本书《朗诵——戴着镣铐的舞蹈》，你坚信声音的镣铐，禁锢不了语言的舞蹈。如今，百度一下"左旗朗诵"，你的声音已经成为文学艺术的另一种注释。

犹记得当年与你闲聊，你无意中说了一句："就怕熟不拘礼。"可以想见你是一个审慎的人，一个独善其身的人，谦谦中颇有儒家风范。同样，生活中的你，举止有度，谦和真诚，但对于艺术的探讨，却又是尖锐不羁，毫不妥协。

你的妻子温和、娴静。你用"温润如玉"来形容她，令人感动。是的，如果居家相处，利欲熏心，哪来你这玉质声音华彩异呈呢？你以一己之力，演绎一幕惊艳，却依旧沉静到古井不波。你的倾诉如涓涓流水，又似万马奔腾、地动山摇。此刻，声音是什么？是催化？还是抚慰？抑或是启迪？你把朴素的情绪激发为理性的思维，超越的精神。

声音的魅力是什么？声音真正的魅力，无不闪烁着人性的光芒，深藏于心的悲悯，婉转低回或铿锵昂扬，迸发出的绚烂，可以穿透迢迢岁月，照亮人世沧桑。

近日，又欣喜地听到了你的新作《安塞腰鼓》，那磁性的声音，稳健刚毅而又大气磅礴地从喧天锣鼓中传递过来，我仿佛看到一个生命的歌者，在苍茫清寂的山巅引吭高歌。天地间，那声音激扬回荡，历久弥响。

张
琴

1971 年生。原籍浙江温州，现居北京。
中华文化促进会织染绣艺术中心常务副主
任兼秘书长，国家二级作家，她对蓝夹缬
的研究填补了国内国际相关研究的空白。
著有《乡土温州》《凝固历史》（合著）《中
国蓝夹缬》《蓝花布上的昆曲》《蓝夹缬图
案集》《寻找夹缬》等。其中《中国蓝夹
缬》获第八届中国民间文艺山花奖学术著
作奖。

终朝采绿，不盈一匊，
予发曲局，薄言归沐。
终朝采蓝，不盈一襜，
五日为期，六日不詹。
之子于狩，言韔其弓，
之子于钓，言纶之绳。
其钓维何，维鲂及鱮，
维鲂及鱮，薄言观者。

——摘自：诗经·小雅《采绿》

终朝采蓝

—— 张琴与蓝夹缬的风花雪月

风

三月推窗，天盈盈地蓝，早春的风带着青青的气息扑面而来，密匝的花儿开满了篱笆。一阕《采绿》，虚虚实实的手法，写尽缱绻情味，白描般淡淡的语言，更加春色春晓。三月的风一吹，人就醉了。醉眼迷离中闻到青草的气息，看见一个蓝衣蓝裙蓝头巾的女子，在青青的原野上采摘蓼蓝草。终朝采蓝，青青子衿，采摘的何止是悠悠我心。

2013 年的早春，在叶芽初露的森林公园，扑面而来的风，带着最质朴最自然的蓝色，从远古的先秦幽幽吹来。就这样在琵琶错落中，听闻一场蓝夹缬的前世今生，采撷一抹最最朴质的蓝，身心沦陷在历史的色彩里。

蓝，有着不染红尘的清净与雅致，又含着淡淡的清愁与落寞。同时，蓝色，又是最最朴素而温暖的。尤其是靛蓝，经过岁月的打磨，那种安静的气质流淌得更加纯粹。而作为染料的蓼蓝，却是一种开红花的植物。茎紫红，叶长圆形，花呈穗状。风中摇曳的样子风神别致，恍惚间觉得花株就是一个从诗经里走来的采蓝女子。

就这样与张琴不期而遇，这个对蓝夹缬情有独钟的女子，带着温州口音的普通话，平平仄仄着，自有一种古朴的韵味。四壁的蓝色，沉淀着

打制植物染料靛青

时光和历史，不经意间思古的情愫暗生。榻几上一抹蓝色，赫然印着"采蓝"，那是她开发的蓝夹缬的衍生品。只觉得这个词是如此适合她。

一场蓝夹缬的行旅，怎一个"情"字销魂。一巾采蓝，写满寻微。寻微溯源，期间自有采薇之乐与采蓝之喜。寻的是一抹渐行渐远的史册颜色，寻的是一掬平白踏实的人情况味，寻的是一点逐渐尘封的市井生活，寻的是一曲逶迤款曲的丝竹管弦。而张琴，就这样，以一人之力，把遥远的往事情缘一页页翻开，灰尘清掸，那一泓蓝就汪汪地朗润隽永起来，端得是千古明月流泻到现世清辉，泼洒一袭小桥流水，更添一份久违的亲切、温婉和感动。

花

2012年12月7日，北京，具有300多年历史的老戏楼正乙祠，正在上演一场流动的丝巾秀——织染绣文化衍生品，118款丝巾，如花儿般绽放在模特的颈边肩侧，色彩亮丽，图案典雅。而丝巾上的图案与设计元素却源自蓝夹缬的纹样，这项国家级非物质文化遗产。同步进行的还有"采蓝、采蓝——民间染绣戏曲图像展"，102件具有历史文化价值的染绣实物呈现在观众面前。

这场主题丝巾秀和主题展，不仅让这门历史典籍里的时代传承证物的传统工艺，重新活生生地点缀着人们的生活，而且带给人们最中国的文化体验和视觉冲击。这些创意均出自"采蓝文化"的设计理念和实物。而采蓝文化的背后那个采蓝女子，就是张琴。

张琴者，何人也？

百度一下：张琴，浙江温州人，蓝夹缬的命名人，她对蓝夹缬的研究填补了国内国际相关研究的空白。在她的推动下，蓝夹缬——这个几近失传的民间工艺，进入中国第三批非物质文化遗产名录。

简历很简单，但背后的山水民间10年的跋涉寻访的艰辛与背水一战的决绝无奈，竟令张琴欲语还休，颇有天凉好个秋的况味。她的资料库，仅蓝夹缬纹样就有19 800多片。2001年9月至2005年2月，她遍访温州、丽水、台州及闽北宁德地区、闽南泉州地区的雕版艺人、染坊师傅及民间戏班老艺人等，对蓝夹缬的原料、印染、版刻设计等一整套流程作了前所未有的详尽记录，对蓝夹缬流行地区的民间文化圈作了社会及人文的历史分析，澄清了作为"四缬"之一的蓝夹缬由盛渐衰，及至湮没的历史之谜，并对蓝夹缬发展各个阶段及纹样分析释义和命名，填补了国内国际本领域的研究空白，对中国印染史研究做出重要贡献。

而作为中国文化品牌的"采蓝文化"的形成和衍生品的开发，却无疑使人们心中已成为历史静物的蓝夹缬变得灵动鲜活起来。颈上腕间的一巾风情，静静诉说着蓝夹缬的前世今生。作为蓝夹缬学术研究人，张琴比任何人都更明白蓝夹缬的文化内涵和民族的传承，她说："收藏的目的是研究，而研究的最终目的是服务社会，这是文化工作者的必然取向。"于是她开始了学术研究与衍生品开发并重之路，她要把"采蓝文化"做成中国的文化品牌。这无疑是对蓝夹缬这一传统文化的有效保护和合理开发，同时也是为中国自己的丝巾品牌填补了一项空白。

《蓝夹缬鹤衔灵芝》清代

《蓝夹缬麒麟童子》清代

《蓝夹缬婴戏图》清代

《蓝夹缬大炼钢铁》

蓝夹缬的染料来自植物山蓝，根部就是板蓝根，其草叶沤制成靛蓝。在水中靛蓝与织物相遇，渗透浸染，然后在空气中氧化成靛蓝色，长久不褪色。

"五月，启灌蓼蓝"（古书《夏小正》）到"终朝采蓝，不盈一詹"（《诗经·小雅·采蓝》），再到《荀子劝学》："青，取之于蓝而胜于蓝。"张琴，这个纤纤细足丈量蓝夹缬历史的女子，以其职业的敏感和灵悟，以及对文化保护挖掘的智慧和前瞻性，令蓝夹缬在她手中笔端重获新生，绽放永不褪色的蓝色幽香。而她，何尝不是一个出于蓝而胜于蓝的采蓝女子呢？

总有瞬间的恍惚，打开历史一重重大门，一层层故事里，是不是都在与前尘的自己重逢。采蓝，采摘的是自己的人生，一抹神秘之外，似乎也只能用冥冥中"缘"之一字来解读吧。

雪

20世纪70年代的温州，青青的阡陌，欢歌的塘河，几只鹭鸶飞过麦田，一个小女孩出神地凝望着蓝天白云，忘记了手中的书页。那个小女孩背着药篓跟外公在田野里挖草药。那个枕着平仄的诗歌辞赋做着文学梦的小女孩。那个阳光下在母亲蓝夹缬布面上跳跃戏耍的小女孩……

几度午夜梦回的张琴，总是看到自己回到童年，阳光依旧明丽，蓝白的蓝夹缬被面暖暖如花盛开在她身侧。也许是温州的山水早已在爱做文学梦的小张琴这里定格成蓝夹缬的背景和纹路，更成为她生命的肌理，最最重要的内容。

很多时候，总有一种奇怪的感觉，童年的某个印记沉淀尘封在生命深处。前行中，蓦然回首，突然发现自己有一天重新站在童年的那个起点上。而童年的记忆豁然洞明。我如是问张琴，她点头认同。

十三年前的张琴在《温州人》杂志做文化记者，她策划的专题《温州地理》，对古村落的调查做足了人文文章，引得浙江卫视、央视参考她的专题来温州拍摄，这是很多记者可望而不可即的。而这成功的背后是一个小女子摸索着石头过河的探索过程，焦灼并刺痛着。

她从费孝通先生的田野调查集《费孝通全集》分析，并对照验证自己所调查的几个村落，她得出一个结论："但凡有特色、曾经富裕的古村落，除却交通因素外，很多是以某种技艺为立村之本的。"（《寻找夹缬》张琴）

为了进一步论证这个结论，张琴对选题继续推进。

如果说，这只属于一个记者的敏感天性的话，那么闯入雁荡山的黄檀硐却改写了她的人生轨迹，激发出她骨子里潜在的执着，从而让张琴华丽转身成为一个真正的文化学者。就这样，张琴与蓝夹缬迎头撞个满怀，从此沦陷，笃笃穷年。那个偏僻的小山村，那个每年坚持打一次靛的黄宣法师傅，那一池宝蓝色靛花花，陶醉了张琴。

就这样，张琴踏上了田间调查求证的不归路，一走就是十多年。由最初的自发到后来的自觉，直至后来作为一个文化学者的内省、担当和使命感，她义不容辞地扛起了拯救民间技艺的大旗。她说："20世纪70年代是中国工艺史上空前绝后的分水岭，传承了数千年的手工艺被工业文明的流水线冲垮，自给自足的村落经济被连根拔起，阵痛中淡出的首先被冲击的便是祖祖辈辈流传下来的手工技艺。"她庆幸是因为自己的童年和少年沐浴了村落社会的余晖。

于是，一个小女子，单枪匹马，从五年多时间的跋山涉水夜以继日，她的足迹遍布江浙的角角落落，到掌握了丰富的第一手资料，然后只身进京，以自己的执着个性，坚持做学术探索，直至成功。其间面临一次次重大折点时的彷徨煎熬与生活几近弹尽粮绝时候的心酸，总是蓝夹缬温暖的蓝花花抚慰她的心，纵无声也动容。就这样，一介弱女子，用全部心血泼洒着靛蓝，用生命丈量着蓝夹缬的历史。就这样，蓝夹缬从濒临灭绝境地，到走进世界的视镜，并进入第三批非物质文化遗产名录。

中科院研究员华觉明先生这样评价张琴，"我国的夹缬在古代是彩色的，材质多为丝织物。棉布推广后，夹缬从彩色改为蓝色，并多以戏曲作纹样流传于东南地区。张琴从工艺的角度出发，在五年田野调查和数千件实物的基础上，将夹缬划分为古典和传统两个阶段，最早提出蓝夹缬概念，为学术界公认。这是她对中国印染史研究的重要贡献"。张琴＝蓝夹缬，毋庸置疑，当之无愧！

月

一个非专业出身的记者，一个非专业出身的学者，却做出了很多专业人士都做不到的事情，一个人让一段历史清晰，一个人让一种工艺鲜活。何以？盖文化使然！

张琴，从一个文艺青年到敏锐记者，到一个研究学者，再到一个社会公共文化传播者。年仅三十几岁的她，集田野调查、著述、收藏和鉴定于一身。而读张琴的书，并不觉得乏味，字里行间的真情流露，更兼言辞优美，与图片辉映，宛若铺展开去的蓝夹缬被面，花色纷呈，寓意丰裕。张琴骨子里还是一个婀娜温婉的小女子，不善言辞与社交，平日相伴最多的是京剧昆曲。一部《蓝花布上的昆曲》写尽昆曲种种，从流派、曲目、艺人到剧情与出处，娓娓道来，不啻于昆曲在耳边欸乃流转。从另一种意义上讲，张琴的解读是对昆曲在民间生活的演绎史的记载，这也是张琴的一大贡献。

在考证过程中，在各地调查中，不仅夯实了基础和掌握了第一手资料，也更加开阔了文化视野，这对她的研究的深入与拓展，无疑互为提升和深进。而作为一个文化传播者，张琴更是不遗余力地传授传统织染绣知识，让手工艺得以传承和发扬。时至今日，蓝夹缬逐步引起全社会乃至国际的关注和重视，张琴绝对值得大书特书。而她只是淡淡一句："收藏的目的是研究，而研究的最终目的是服务社会，这是文化工作者的必然取向。"如此胸襟、如此境界、如此见地，当空明月耳！

坐在榻上，背对夕阳，细小的灰尘在阳光下闪着金色的光芒。四壁装裱起来的蓝夹缬抬眼就看到了。一段漫长的民族记忆就如昆曲一样，丝竹管弦，千回百转的韵味醉了你，醉了我，醉了她，暖了心，暖了情……

而坐在我对面的张琴，一件朴素的民族风的小红棉袄，安安静静地叙说着蓝花花错错落落的韵致。吴侬软语一如她的著作，不崎岖乖张尖刻章句，亦不哗众取宠别出心裁，只是简素一支笔，辗转于文献、实物与图像中，而内质一股气，索隐发微，用心用力，有绚烂之极后的那种平淡天然。

想起一句清透远尘的诗句："山月吟诗在，池花觉后香。"

你，闻到蓼蓝花的香气了吗？

你，看到采蓝花的女子了吗？

你，听到采蓝曲的天籁了吗？

补记：

她，站在罗马教堂高高的台阶上，一条小小的丝帕轻轻系在颈边，世界刹那便是春天。相信每一个看过《罗马假日》的人，都不会忘记奥黛丽·赫本的微笑。

丝巾，由一块布开始的时尚，断断续续是飘动了3000余年的时间，从最早御寒发展到今日不可或缺的配饰。那蝉翼般舞动的风情，行云般流转的心事，总是在随风扬起的刹那，如风过清丽的睡莲，牵绊着人的目光与心意。而丝巾也逐渐成为一种文化，被赋予更多的内涵。

只有艺术品位和文化价值做支撑的，才是真正意义上的奢侈品。而凝聚这民族文化情结的采蓝丝巾，恰恰契合了这些元素。丝巾的图案设计，取自蓝夹缬的纹样，并加以手绘和刺绣，既古典又时尚，既现代又优雅。张琴对采蓝丝巾的定位是，儒雅、典雅、低调。

那缠缠绕绕层层叠叠中的情怀和心境，就在丝巾这方寸丝缕间满目春山。采蓝，采蓝，采一巾文化，幽一身雅韵。当丝巾成为一种风尚，丝巾已经抽离了字面的意义，而是一种高雅的艺术、魅力的文化！

谁

2014年五四青年节，邂逅了一个关于"先生"的展览，为一个远逝的时代造像，为那些特立独行的先生留影。"先生"二字，引得我感慨不已，儿时父亲牵我走进学堂，指着一个戴眼镜的老人让我鞠躬，说："快叫先生。"只一声"先生"，只一个鞠躬，就让这两个字在我心中庄严神圣起来。

先生，这个称呼由来已久。孟子释义有学问的长者，多指男性，衍伸之处也指有较高修为、德高望重的社会女性，比如宋庆龄先生。当下，世间种种称谓被拿来反复烘烤，变了味道。独独先生一词，不曾被大肆玷污。在当下人人皆可为大师的时代，却不是人人可以冠之以"先生"二字的。"先生"二字在我心中已经抽离成一种风骨、一种精神、一种思想、一种象征，已然不是一个具象的人。

宋代张咏诗云："莫讶临歧再回首，江山重叠故人稀。"每个时代都有自己的风神和气质，而这些气质就体现在一个个人身上，文化的血脉就这样一代代传承。

在我30岁之后的人生里，遇到很多老师，教诲良多，让我受益终生。其中有两个人对我影响深远，一位是卞毓方先生，一位是吕立新先生。前者明晓我以立身之本，后者清晰我以人生方向。

2010 年冬，有雪，清寒。对面是散文大家卞毓方先生，一口苏北口音讲述着他是怎样写文章的，他以这样的方式传授我写作的要义。卞先生对我提过三个要求：第一，要守住，经得起权、名、利的考验。第二，文章要有思想有内容。第三，要耐住寂寞，时间、精力、生命有限，固守寂寞方能保证每一寸光阴的厚度，寂寞才能有慧心慧眼冷静客观看穿世情。这些话我都牢牢记得，成为我坚守自己为文为人的最大支撑点。抬眼，对面墙上的季羡林先生在慈祥地微笑。

2011 年秋，午后，对面坐着吕立新先生，儒雅地畅谈着他对艺术对人生的认识和思考。一场轻松的会话，印象深刻的是走出门来，金黄的银杏、凝重的红墙涌进我眼帘，绚烂到震撼。之后，吕先生对我在艺术鉴赏和为文立世方面悉心指教，总让我有种回到儿时先生手把手教我识字读书的恍然。受教之时并不觉得，在今天回头看，才猛然发觉，我已经不知不觉地步上他的后尘。这种潜移默化的影响如此巨大，是我没有想到的也是我最感慨的。

当年，卞先生着手写《寻找大师》（已出版），他建议我写《寻找大家》。他说这是个没有大师也没有大家的年代，正因为没有大师没有大家，才要寻找。

师生之间说话，无须多言，已经了然于心。剩下的只是时间，佐以耐心和坚持了。之后的四年多时间，我一点点能做的就是：与不同的人对面而坐，对面而谈。归来，面对自己，面对心灵。慢慢我觉得我不是在寻找大家，而是不断追问一个哲性命题——我们是谁？

高更有一幅名画《我们是谁？我们从哪里来？我们要到哪里去？》，这个哲学命题，千百年来拷问着每一个人。于我也如此，这种质问的声音，越来越清晰，越来越振聋发聩。每一次对话一个人，与他对面而坐，我都不由自主地在心里问他是谁？他何为？他又为何？对话过后，我依旧在问，我又是谁？我能做什么？我为什么要这样做？

五年的坚持的对话和书写，个中滋味不说也罢。很多人问我，做这些事有意义吗？

有意义吗？

意义几何，我没有想过那么多，我只知道人生在世，总要有落子无悔，不问结果的勇气和决绝。

佛家说，人生有三个阶段，见自己、见天地、见众生。在解读小众里，解读自己。在他们的人生故事里翻阅山高水长，在他们的生命里参悟漫漫岁月。在寻找中，寻找一点人性的温暖和光辉，也找到自己。生命的层次和厚度就这样不动声色地一点点丰盈一点点成全。

对面的人不同轮换，对面是谁？谁的对面又是谁？谁人知来路，又知归途？

问道，条条大道通罗马，罗马不是城堡，而是人性的本真！

邂逅先生，明晓先生与文化血脉之息息关重！

道朴素莫能与之争美！

知其然，安矣！

贺疆

于北京 2014 年 6 月 9 日